KB262556

권경욱 게임 판타지 소설

기갑전기 매서커

GAME FANTASY STORY

기갑전기 매서커 16

권경목 게임 판타지 소설

초판 1쇄 찍은 날 § 2012년 4월 3일
초판 1쇄 펴낸 날 § 2012년 4월 10일

지은이 § 권경목
펴낸이 § 서경석

편집부장 § 권태완
편집책임 § 박우진

펴낸곳 § 도서출판 청어람
등록번호 § 제1081-1-89호
등록일자 § 1999. 5. 31
어람번호 § 제1-1362호

주소 § 경기도 부천시 원미구 심곡2동 163-2 서경B/D 3F (우) 420-822
전화 § 032-656-4452 팩스 § 032-656-4453
http://www.chungeoram.com
E-mail § chungeoram@chungeoram.com

ⓒ 권경목, 2008

ISBN 978-89-251-2830-6 04810
ISBN 978-89-251-1285-5 (세트)

신경목 게임 판타지 소설

기갑전기 매셔커

GAME FANTASY STORY

16

[완결]
반왕 그리고 매서커 편

청어람

Contents

Act 00
기획된 틀

機甲戰記

Massacre

기갑전기 매서커

반대편에서 상대팀이 빛을 받으며 경기장에 모습을 드러냈다.

와아아아아아아아아—!!!

열광적인 환호로 대기가 진동했다.

화호는 경기장을 중심으로 무형의 에너지로 화했다.

후웅, 후웅—!

형형색색의 가호가 상대 팀 머리 위로 환하게 떨어져 내리며 공간이 출렁거렸다.

가호가 떨어진 강철거인 뒤로 사나운 늑대 형상이 투명하게 드리우며 하늘을 향해 포효했다. 그렇게 위세를 키우더니 두터운 외장갑 표면 속으로 스며들었다.

<u>으르르렁, 쿠오오오―!!!</u>

아놔― 버퍼가 무슨 무지개 시루떡이냐―?!

게다 이런 편파적인 가호는 알려줄 필요 없거든?!!

그랬다. 유치한 효과라 감히 비웃을 수 없다.

불특정 다수의 가호를 받아 고유의 버퍼로 형상을 갖출 정도면 골렘 오너 개개인의 능력이 하이엔드에 달한 반증이기에.

4강에서 마주친 상대는 팀 울프스였다.

"……"

배틀 스탠스에 관록이 배어 있다.

골렘 오너 한 사람 한 사람이 자유도시의 수호자 타이틀을 획득한 유저들로 구성되어 있다.

자유도시가 연고지인 유저들이라.

그래서인지 관중들의 응원 자체가 달랐다.

관중석의 절반에 달하는 유저들이 검을 물고 비상하는 푸른 늑대 문장이 새겨진 깃발을 흔들며 환호를 보내고 있다.

현실의 프로구단에서나 볼 수 있는 홈팀 응원 열기였다.

이들이 이틀 전 대전에서 멋진 경기를 선보였기에 관중들의 기대가 클 수밖에 없다.

당시 이들이 상대한 팀의 연고지가 또 다른 자유도시 중 하나였었다. 은근히 경쟁이 되어서인지 승리의 효과는 오늘 이렇게 나타나고 있음이다.

그렇게 팀 울프스는 첫 싸움에서 이곳 자유도시 유저들의 마음을 확 사로잡은 것이다.

강철리그가 원하든 원하지 않든 도시대항전 성격을 띠기 시작했다고나.

도시 대항전… 기획 자체를 그렇게 했지 싶다.

여하튼 팀 유니콘을 소개하는 호명이 있고…….

나와 동료들은 경기장에 쏟아지는 빛을 받으며 나섰다.

…….

싸하다. 정말로.

전에 없던 반응이라.

외면!

그랬다. 우리를 향한 관중들의 반응은 조롱도 멸시도 없는 지독한 무관심이었다.

이유는 있다.

지독한 여론전의 여파였다.

그 와중에 모기 소리만큼 작은 응원의 함성이 터져 나오는 곳이 있었다.

그 사이 바미안에서 원정 응원단을 꾸려 보냈을 리 없는데 말이다.

나뿐 아니라 관중들의 차가운 시선 역시 구석 자리에서 환호를 보내는 이들에게 쏠렸다.

우잉?! 이건 뭐지?

유저들이 아니고 이슈타르인들… 인공지능의 NPC들이었다.

돈을 주고 관중을 샀냐고? 내가 그런 데 돈 쓸 것 같냐?!

유저들에 비하면 한줌도 되지 않는 규모지만 분명 저들은 팀 유니콘을 응원하고 있었다.

전 캐릭들을 몰고 자유도시의 막힌 하수도를 뚫은 것이 유일한 봉사라면 봉사이리라.

과연 그 때문인지 이유는 알 수 없다.

여기서 의문, NPC들에게 강철리그를 즐길 수 있는 인공지능이 있는 것인가?

이들이 NPC임을 확인하자 유저들의 야유 없는 사나운 눈총이 퍼부어졌다.

아무튼 팀 유니콘은 인공지능이 좋아하는 팀이라는 사실!

아니나 다를까.

의외의 응원!

‘팀 유니콘의 연고지는 바미안!’

'바미안 영지는 이슈타르인들의 희망!'

바미안 영지는 떠도는 이슈타르인들을 조건없이 받아들였습니다.

그리고 이들의 절대적인 보호자가 되어주었습니다.

바미안에선 이슈타르인에 대한 차별과 착취가 없습니다.

영주의 엄격한 법 집행으로 이슈타르인들을 핍박하는 유저인들을 과감히 추방했습니다.

유한 존재인 이슈타르인들의 분기 생존율이 무려 ㅁㅂ%에 달해 수많은 이슈타르인들이 바미안으로의 이주를 희망하고 있습니다.

그렇습니다. 바미안은 이슈타르인들에게 최고의 정착지로 알려졌습니다.

모든 이슈타르인들이 바미안에 호의적입니다.

이 작은 호의가 염원이 되어 팀 유니콘에 보내졌습니다.

이슈타르의 빛이 팀 유니콘에 임했습니다.

"이런 영광이!"

그랬다. 이몸이, 아니, 지오 캐릭들이 바미안을 가꾸며 동분서주한 공이었다.

스르르르릉—

은은한 빛가루가 아침 햇살에 사라지는 옅은 안개처럼 강철 거인에 내려앉았다.

따뜻하진 않지만 부드러운 감촉이 온몸을 휘감았다.

에게게게게게—!

참, 버퍼 저렴하다.

하나마나한 버퍼잖아.

아니나 다를까, 왠지 긴장하며 뭔가 사변을 기대하던 관중들의 얼굴에 비웃음이 걸렸다.

와하하하하—!!!

집어치워라—!!!

저런 것도 버퍼라고 넙죽 받냐?!

우우우—´야유가 터지며 버퍼를 발한 이슈타르인들을 향해 온갖 쓰레기들이 던져졌다.

그런 상황 속에서도 응원을 멈추지 않는 이슈타르인들이었다.

고지식한 인공지능답다고나.

미미한 버퍼지만 무관심보다는 낫다.

나는 구석에서 용감하게 응원을 보내는 이슈타르인들에게

뭔가를 해주고 싶었다.

…경의를 담아 경례를 붙였다.

척—!

이에 큰곰이 등도 이들을 향해 경례를 붙였다.

처척!!!

바로 그 순간이었다.

사라라라락—!!!

가는 빛의 입자가 모래 크기로 커지며 강철거인에게 빨려들어 왔다.

그렇게 빛의 모래 폭풍이 나와 동료들의 강철거인에 몰아쳤
다.
구체적인 형상은 없지만 입자 하나하나에 의미가 있다.
나름 장관을 연출했음인가.
이럴 수가?!!
사기야—!
당연히 관중들의 벌어진 입이 다물어질 줄 몰랐다.
그러든 말든 마치 우주를 받아들이는 상승감이 나를 휘감아
올렸다.
경기장이 아닌 바미안에 있는 듯한 안정감이 느껴졌다.

> 팀 유니콘 소속 강철거인의 외장갑 내구력이 6% 증가했습니다.

> …기동 중량이 1마분간 6% 줄어듭니다.

> …기동 시간이 2.5% 늘어났습니다.

> …입니다.

무려 반이나 따라잡다니…….
나를 사랑하는 것은 역시 NPC들뿐이라니까.

땡큐—!!!

*　　　*　　　*

상대를 관찰했다.

팀 울프스의 강철거인은 전부 나이트급이었다.

둔중한 중장갑이 아닌 날렵한 실루엣을 뽐내는 일차 내장갑 차림이다.

나이트급에 경장갑… 기동력이 다르다.

더불어 이틀 전 경기에 탑승했던 강철거인이 아니다. 실금 하나 없는 새 기체라는 것.

상체를 살짝 가리는 라운드 실드에 폭넓은 검으로 무장을 통일하고 있다.

라운드 실드의 중앙엔 원뿔이 돌출되어 있다.

그랬다. 울프스의 핵심 무기는 저 타격전용 라운드 실드였다.

저 두툼한 라운드 실드와 돌기를 둔기처럼 사용해 적을 찍거나 타격했다.

한 대에 두 기, 세 기가 엉겨 붙어 마무리를 짓는 것도 마다하지 않았다.

비겁하기보단 실제 전장의 현장감을 관중들에게 선사했다고나 할까.

그렇게 몰이 사냥하는 울프다운 전투였고 유저들에게도 어필 받았다.

방어보다 오로지 공격!

자유도시 유저들이 팀 울프스에 열광하는 이유였다.

매서커라면 몰라도 정비기동이 전부인 곱등이에게 두세 기가 동시에 달려든다?

…대책없이 당할 수밖에 없음이지.

역시 무기 없는 곱등이 지오를 중심으로 두 기의 강철거인이 방패를 드는 식으로 포진했다.

그리고 방패를 앞세우고 반 보씩 전진해 갔다. 한 기라도 대열에서 떨어지면 늑대들의 먹잇감으로 전락하는 것을 방비하는 듯.

적의 움직임은 침착했고, 또 빨랐다.

발걸음만 보아도 안다.

다가오는 비율에 맞추어 방패간 간격이 벌어져 갔다.

과연 최신의 기체가 어울리는 능력자들이었다.

팀 유니콘에 가려지지만 않았으면 최고의 팀으로 찬사를 한 몸에 받을 팀이 분명했다.

강철거인간 간격이 점점 늘어났지만 한 기를 목표로 두세 기가 일시에 달려들 터.

충돌점, 아니, 목표점이 모호하다.

훗—!

다 수가 있지.

신호를 보냈다.

처처척—!!!

나를 중심으로 방패를 든 네 기의 강철거인이 좌우 앞뒤로 방패를 앞세우며 자리 잡았다.

적들이 약간 주춤했고 관중들의 숨소리까지 잦아들었다.

기동전에 말려들지 않으려는 수비형 방진에 울프스의 당황함이 역력하게 느껴졌다.

늘어선 적들과 우리가 만든 방진 사이의 거리는 멀다.

…….

그렇게 다가오지 않는 적과 다가가지 않는 우리 사이에 지루한 대치가 이어졌고… 열전을 기대했던 관중들이지만 일체의 야유는 없었다.

강철거인 사이에 구축된 팽팽한 긴장이 전달되어서라.

Act 01

機甲戰記
Massacre
기갑전기 매서커

……

조급하지 않았다.

다섯 기의 적 강철거인은 거리를 조심스럽게 줄여오더니 방진을 중심으로 빠르게 원을 그리며 뛰기 시작했다.

카카카카카캉—!

빠르게 뛰며 검을 밀어넣다가 튕기듯이 물러났다.

공격, 퇴각, 공격, 퇴각을 반복하며 방진에 틈이 생기길 유도했다.

방진은 움츠러들었다. 간간이 방패와 방패 사이를 뚫고 검이 파고들어 복부장갑과 등판장갑에 ‘카각카각’ 하며 상체기를 만들어냈다.

이 정도 껍데기 상처쯤이야.

하나 거슬리는 소음을 감당할 신경줄이 굵어야 한다.

적이 가한 공격은 사나운 것 이상으로 정밀했지만 짧은 검의 한계가 있었다.

그러나 적들 중 누군가는 타격의 손맛을 보았을 터.

아니나 다를까, 한 기의 적 강철거인이 우측면을 방어하는 방패를 가격했다.

타격 면적이 필요 이상으로 넓다. 충격 받은 방패가 한쪽으로 쏠리며 빈틈이 생겨났다. 그러자 후위를 따르던 적 강철거인이 이를 노리고 틈 사이로 깊이있게 검을 밀어넣어 왔다.

바라마지 않은 정직한 각도라.

땡큐—!!!

크크크큭— 허리를 살짝 비틀어 찔러 오는 검을 팔과 옆구리 사이로 받았다.

적이 본능적으로 당겨 빼려는 의지가 느껴졌다.

차례에 따라 공격권에서 이탈해야 함이지만 그러려면 검을 버리든지 해야 할 것이다.

그 정도까지 호흡을 맞추었을 리 없다.

터턱— 하며 육중한 중량이 옆구리를 잡아당겼다.

대물을 낚은 손맛이 이럴까.

와다다당—!!! 꽈곽!!!

순식간이었다, 방진이 해체되며 팔이 붙들린 적 강철거인을 향해 네 기의 강철거인이 일시에 달려든 것은.

거대한 방패 모서리를 검처럼 밀어 넣으며 붙들린 적의 전신을 찍어댔다.

이것이야말로 모다구리의 진수!

상대는 방패를 털며 타격을 뿌리쳤고, 순간적으로 상체 틈이 열렸다.

화려한 오렌지색 불꽃 도색의 강철거인이 타격에 휘청대는 적의 품에 바싹 파고들었다. 특유의 휘어진 검끝을 열린 옆구리에서 가슴 쪽으로 밀어 넣었다.

스그극─!!!

짧으면서 강렬한 기음이 대기를 관통했다.

가격당한 적 강철거인이 무릎을 꿇으며 주저앉았다.

데드!

골든 보이의 깔끔한 마무리였다.

…….

관중들의 눈이 커졌다.

한 놈만 잡으면 된다!

저들의 모토가 아니라 지금 우리에게 필요한 모토라.

그렇게 상체를 완벽하게 가리는 방패는 우리의 의도를 감추기 충분한 소품이 되어주었다.

동료를 구조하려는 움직임은 없었다. 그만큼 전광석화처럼 해치워서라.

그후로 쓰러진 적 강철거인을 중심으로 방진을 차례차례 구축해 적의 압박을 완벽하게 견제했다.

관중석에서 '아—!' 하는 긴 안타까움의 한숨과 표정이 얼굴에 걸렸다.

…너무하는구먼.

욕하며 열광하더니.

결코 아무나 할 수 있는 연계 플레이가 아닌데 말이지.

다음 목표물을 찾았다.

적은 정확하게 방패를 마주하며 동서남북 좌표로 흩어진 상태였다.

한 기의 동료를 너무 간단히 잃어서인지 당황해하고 있음이 읽혔다.

수비로 전환하려 했다. 그런 느낌이 들었다.

"플랜 D!"

수많은 대응 시나리오 중 하나를 외쳤다.

외침이 끝나기 전에 골든 보이를 필두로 세 기의 강철거인이 방패를 상대의 정면을 향해 던지며 뛰쳐나갔다.

이에 적들은 화들짝 놀라며 두 기씩 뭉치려 들었다.

돌격 중지.

이 두 무더기 중 한 무더기를 향해 네 기가 방향을 전환해 달려갔다.

4대 2의 그림 하나와 빈손인 나와 두 기가 마주하는 그림으로 이어졌다.

나는 이 두 기가 흩어지기 전에 뛰쳐나갔다.

"후야—!!!"

나의 돌격에 두 기는 황당함에 약간 움찔하더니 기다렸다는 듯 둥근 방패를 앞세우며 마주 달려왔다.

순식간에 코앞에 당도했다.

방패 사이 살짝 돌출한 검끝에서 날카로운 빛이 났다.

…스킬을 터뜨리려 함이라.

쿠쿠쿠쿠쿠쿵— 쾌속 돌진으로 엔진 출력은 최고조에 달했을 터이니 스킬 자체에 파괴적인 에너지가 자연스럽게 스며들 것이라.

검끝에 담긴 적보라색 기운이 점에서 시작되어 폭발적으로 확대되었다.

제, 젠장! 이쪽이 진상이구나.

울프스 전력의 핵심은 쌍둥이 기사라 했다. 이 둘의 합격은 물론 스킬 연동을 한 몸처럼 발휘해 그 위력이 일반 강철거인이 발휘한 위력에 무려 다섯 배라 했다.

눈앞에 적보라색 에너지가 사납게 덮쳐 왔다.

웅크렸다. 두 다리와 두 팔의 힘을 모두 땅을 박차는 데 동원했다.

이는 개구리의 도약과 흡사한 흉한 그림이리라.

바쁜데 메뚜기면 어떻고 개구리면 어떤가.

폼생폼사완 거리가 먼 캐릭이 곱등이!

도약한 공간 아래로 적보라색 에너지가 스쳐 지나갔다.

콰과과과과— 에너지체가 지나간 지면을 따라 깊은 고랑이 파헤쳐졌다.

이 에너지는 지면을 가르는 것도 모자라 멀리 쓰러진 강철 거인에 직격했다.

꽈광—!!!

후두두두둑— 웅장한 파괴음과 동시에 거대한 강철거인이 금속 파편으로 화해 사방으로 튀었다.

이런— 건질 부속도 없게시리.

순간적인 손익 계산에 분노가 치밀어 올랐다.

배 밑이 허전하다. 적 강철거인의 투구를 팔로 휘감으며 등 뒤로 착지했다.

투구가 휘감긴 한 기의 강철거인의 두부가 운동에너지를 이기지 못하고 상체가 휘며 하늘 보는 자세로 벌렁 넘어졌다.

와당탕—! 등이 땅에 닿자마자 충격에 튀어 놀랐다.

나머지 한 기가 쓰러진 동료를 엄호하기 위해 허리를 틀어 검을 휘둘러 왔다.

카카칵— 상체 장갑에 기다란 상처를 깊이 만들어내며 검이 지나갔다.

이 역시 짧은 검의 한계라.

적의 검에 가격 당했지만 일어서려는 적 강철거인의 가슴 부위를 향해 발을 굴렸다.

꽈지직— 우구덩!!!

무식한 발 굴림에 조종석 부위가 깊이 함몰되어 들어갔다.

무지 아플 것이다.

이에 상체 장갑을 훑던 검이 수직으로 찍어 눌러왔다.

너 죽고 나 죽자는 식의 공격이라.

이대로면 검끝이 조종석을 관통해 내 머리를 으깨어 버릴 것이 자명한 각도다.

발굴림 반동의 여운을 담아 뒤로 벌렁 넘어졌다.

카르르르르릉—!!!

금속끼리 마찰하며 오렌지 빛 불꽃이 눈앞에 튀었다.

등이 지면에 닿으려는 찰나 허리를 틀어 한 발로 지면을 박차며 상체를 일으켰다.

허공을 가른 검을 회수하려는 적의 두부와 어깨가 보였다.

두 팔을 모아 냅다 뒤통수를 찍었다.

꽈광—!!!

적은 먼저 쓰러진 강철거인 위로 엎어졌다.

그 위로 상체를 날리며 팔뚝 모서리로 찍어 눌렀다.

우극— 쩌억!!!

마무리!

엎어진 등 뒤로 몸을 재차 띄웠다. 팔뚝 모서리로 적의 등짝 한복판을 찍어 눌렀다.

콰직!!!

으깨진 장갑을 통해 작은 진저리가 타고 올라왔다.

몸을 일으켜 동료들의 상황을 살펴보았다.

그쪽도 마무리 단계였다.

네 기 동시 난타로 혼을 빼어 놓더니 작은곰이의 정교한 단창 찌르기에 조종석이 빨대가 관통하듯이 찔려 사이좋게 침묵에 들고 있었다.

…….

관중들의 입이 커다랗게 벌어진 채 흙먼지를 무한 흡인하고 있었다.

그런 관중들을 향해 우리는 동시에 팔을 들어 외쳤다.

"""""백뀨 머경—!!!"""""

와우— 이러다 정말 우승하는 거 아냐.

*　　　*　　　*

결승전 상대가 결정되었다.

돈돈돈 후작이 후원하는 팀 홍돈(紅豚)이었다.

주장이 나와의 결투에서 망가졌지만 다른 멤버들이 그만큼 유망한 증거였다.

당연히 두 번의 예선전을 가상 통신을 통해 관찰했다.

경기 영상을 유료로 이렇게 비싸게 팔아먹다니?!

과금 중 E&T가 3할 먹는다. 공짜 게임을 유지하기 위한 경비로 치자.

다음 리그 운영 위원회가 3.5할 가져간다. 하는 것 없이 판을 만든 대가치곤 과하다.

그 나머지 3.5할 가지고 16개 참가팀끼리 나눈다.

없는 것보단 낫겠지만 경기에 노출된 빈도로 하면 팀 유니콘의 배당률이 높은 편에 속하리라.

결승전까지 올라왔으니 정산하면 팀 유니콘의 운영은 당분간 걱정없을 정도의 수익을 챙길 수 있으리라.

들리는 이야기론 팀 울프스의 피해액은 경기 중계료로 전부 복구되었다고 한다.

헤헤, 그렇다. 욕을 먹는 만큼 떼돈 벌고 있다니까.

아무튼 결승전치고는 분위기 싸하다.

관중들의 반응은 침묵 속의 분노 그 자체다.

둘 다 인기팀 아니지, 게다 싸우나 마나 우승팀은 이미 정해져 있다고 보는 것이라.

주는 것 없이 미운 리그 운영위원이 경기장 한복판에 나타났다.

자— 무슨 수작질이냐?

그는 예의 팀 유니콘 쪽을 한 번 노려본 다음 관중들을 향해 외쳤다.

"결승전에 앞서 방금 중요한 제보가 들어왔습니다—"

확성 마법에 걸린 그의 말은 관중들은 물론 강철거인 안에 있는 나에게도 쏙쏙 들어왔다.

한데 제보라?

운영위원이 다시금 팀 유니콘 쪽을 노려보았다.

"…오늘 선전하고 있는 팀 유니콘 멤버들 가운데 유저사회를 배신한 배덕자가 있다는 제보입니다."

……

"그 배덕자는 바미안 출신의 기사로 드워프 종족의 워 드워프와 엘프 종족의 하이엘프를 파편무구를 노리고 죽인 자입니다―"

오오오오오― 이미 돌고 있는 소문의 확인임에도 모르는 유저들이 많았다.

그 때문인지 관중들의 놀람의 기성이 지저의 울림처럼 경기장을 메웠다.

"PART2로 각 지역이 차곡차곡 이전하고 있는 시점에서 그 누구도 엘프와 드워프의 존재를 만날 수 없는 배경이 아닐까요?"

……

관중들이 몰입하는 분위기다.

거참, 그네들이 인간 자체를 싫어한다니까.

"그렇습니다. 드워프와 엘프 종족 전체가 우리 유저들을 적대케 만든 장본인이 저기 팀 유니콘 골렘 오너 사이에 있다는 것입니다."

아니, 이 사람들이?!!

드워프랑 엘프 구경도 안 해본 사람들이?!

목이 달아난 하이엘프 아앙의 앙심이 느껴졌다.

아니, 그래서 어쩌라고?!

"이에 정의와 자유를 수호하는 자유도시 유저 여러분들에게 제안합니다―"

…….

"그 바미안이 배출한 배덕의 기사를 자유도시에서 즉각 추방할 것을!!!"

옳소―!

옳소―!!

옳소―!!!

박자가 척척 맞는 것이 선동 쩐다.

관중석에 바람잡이들이 눈에 뜨일 정도로 뿌려져 있다.

운영위원이 득의만만한 눈으로 팀 유니콘을 바라보았다.

곱등이 나와라! 이거지?

에혀― 알았다, 알았어.

문제의 매서커는 여기 없거든?!

나는 강철거인에서 몸을 드러내 어깨 위에 자리했다.

"아아― 마이크 테스트. 아, 아―"

웅― 웅― 잘 울렸다.

확성 마법이 잘 되는지 확인했다.

긴장감 결여에 관중들 눈살이 절로 찌푸려지는 게 보였다.

거 참, 너무 미워하신다.

하여간 저놈이 문제야―?!

짜증의 동화율을 터뜨리며 음파의 순간적인 증폭!

그렇게 한 사람을 지목해 음파를 날렸다.

운영위원의 득의만만한 인상이 순간 구겨지며 급하게 귀를 막고 물러났다.

“크, 큭!”

헤헤, 잘 되는구나.

“이야기 자알~ 들었습니다. 저도 여러분만큼 충격을 받았습니다.”

우우우우우우우~.

참, 반응 비협조적이네.

“바미안의 기사가 드워프와 엘프 종족의 고귀한 자를 죽였다, 라?! 그 제보가 사실이면 그런 나쁜 놈을 바미안에서 제일 먼저 추방했을 것입니다.”

“믿을 수 없소—”

운영위원이 기다렸다는 듯이 치고 들어왔다.

“왜냐? 여러분들이 아시다시피 바미안 영주는 욕망과 탐욕의 수호자입니다.”

…….

너무 바른말 했나?

다들 표정들이 어벙벙하다.

“바로 그겁니다. 감히 자신을 넘어 파편무구를 차지했다는 그 사실만으로 바로 추방입니다.”

그래, 어쩔 것이랴— 본인이 직접 차지했으니.

한데 진짜 설득력있는가 보다. 관중들의 야유와 비아냥이 확 줄어들었다.

나보다 잘난 놈, 절대 용서 못해!

인간 본연의 심성이니.

"그대는 바미안 영주 본인이 아님에도 어떻게 그렇게 단정할 수 있단 말인가? 동료를 보호하기 위한 변명일 뿐이다."

아쭈구리― 완전 심판관의 어투잖아.

"아니, 그러면 그 배덕자가 우리 가운데 누구란 말입니까?"

그는 기다렸다는 듯이 강철거인 가운데 한 기를 지목했다.

"저기 본 아머의 멤버다. 그렇기에 갑옷으로 본 모습을 감춘 것이 아닌가."

별로 눈에 띠지 않으려 했지만 용머리 투구가 유저들의 시선을 끌긴 끌었다.

"지금 바로 그의 실체를 확인하면 증명될 일! 어서 그를 모두의 눈앞에 나타나도록 하시오."

"아니, 듣다듣다 기가 막혀서 그러는데, 그 배덕자랑 강철리 그하고 무슨 상관입니까? 일단 상관관계부터 밝혀주시죠."

"…음."

"그 배덕자가 팀 유니콘에 있다 칩시다. 그럼 추방으로 끝입니까?"

"…그가 참여한 모든 경기가 몰수 처리될 것이오."

"무슨 근거로? 그 배덕자가 부정을 저질렀다는 근거가 뭡니까?"

"근거? 그의 능력은 유저들을 배신해 획득한 능력에 기초한 것! 충분히 유저사회에서 배척당해 마땅하오. 여러분― 그렇지 않습니까?"

옳소―!

맞아요—!!

드워프 구경 좀 합시다—

엘프도!

유저들의 사나운 외침이 또렷하게 터져 나왔다.

관중 속에 박아 놓은 선동 관객이 상당하다.

관중들 대부분이 어벙벙한 얼굴들인 것이 증거다.

나는 한 손을 들었다.

"…좋습니다. 여러분들의 뜻이 그렇다면……."

……?

"그 유저 공동체를 배신한 배덕자가 참여한 경기는 전부 몰수해야 마땅합니다."

…….

"그럼 여기 여러분들이 배덕자로 지목한 골렘 오너가 있습니다. 어디 그가 정말 그 배덕자인지 먼저 확인해 봅시다."

나의 손짓에 기계사 지오가 탑승한 강철거인 위로 올라섰다.

기이한 회백색 갑옷의 기사가 강철거인 위로 선선히 나타나자 관중들이 술렁거리기 시작했다.

너무 당당해서리라.

잘못 짚었다니까.

그렇게 눈으로 운영위원에게 전달했다.

"……."

투구를 벗으라니까?!

모두에게 보여줘—?!

그 순진무구하면서도 선량한 얼굴을—!

나는 기계사 지오 캐릭에게 명령했다.

어라?

어라라라?!!!

거짓말처럼 손을 투구로 가져가자 기이한 장막이 그 손을 밀어내는 것이 아닌가.

호곡!!!

버퍼 부여자만이 이 용대가리 투구를 벗겨낼 수 있음이라.

…우우, 기적사가 아니라 저주사라니까.

등에서 식은땀이 흘러내렸다.

아, 젠장— 나름 스타일 있다고 확인하지 않은 것이 불찰이라.

기계사 지오의 상태를 확인하자 운영위원은 '그러면 그렇지' 라는 미소를 길게 베어 물었다.

"자, 보시다시피 스스로의 결백을 밝히지 못하는 캐릭이군요. 뭐, 동료도 몰랐다는 변명을 하고 싶은가 본데… 자유도시 유저가 그리 호락하지 않습니다. 그렇지 않습니까, 여러분—!"

우우우우우우우우— 관중들은 야유로 호응했다.

이거 참, 부정 선수의 참가로 몰수패로 몰고가려 함인데.

부정 선수?

강철리그에 그런 규정이 있었던가?

…없다!

선수 자격은 유저라면 누구나 가능하다.

손을 들어 야유를 중지시켰다.

"좋습니다. 한데 배덕자든 배신자든 유저사회에 반하는 유저는 강철리그에 참가할 수 없다는 규정은 그 어디에도 없습니다. 유저로 골렘 오너면 누구나 참가 자격이 있잖습니까? 본인이 만든 규정이면서."

"그, 그런……."

"규정대로 합시다―"

운영위원의 눈에 당황함이 맺혔다.

"결승전 합시다! 뭐, 기권하고 싶으면 기권하시든가."

운영위원이 VIP석을 올려다보았다. 눈가가 파르르 떨리는 그림이 돈돈돈 후작을 필두로 유력한 몇몇과 체내 통신을 하는 모양이다.

공개 망신이 통하지 않으니 인민재판으로 몰면 쫄 줄 알았나 보지?

한데 운영위원의 눈이 순간적으로 번뜩이는 게 아닌가.

이어 운영위원이 손을 들어 술렁이는 관중들의 시선을 불러모았다.

"모두 아시다시피 이 자유도시는 범죄자로 찍힌 유저는 들어올 수 없습니다.”

…….

현실은 그렇지만 잘만 돌아다니더라. 여하튼.

“한데 저자의 그림자를 자세히 보십시오—! 그림자 윤곽에 드리운 또 하나의 그림자가 있음을 볼 수 있을 것입니다.”

관중은 물론 나까지 기계사 지오의 그림자로 눈이 갔다.

어라?

…정말이잖아?!

그림자 위에 또 다른 그림자가 어른거리고 있어.

운영위원이 대법원 최고재판관처럼 선언했다.

“저자는 범죄자입니다—!!!”

OF TEN DIVINE NAMES
Act 02
범죄자

機甲戰記
Massacre
기갑전기 매서커

가상에서 범죄자라…….

사기 거래, 사냥물 스틸 등 다른 유저들의 플레이를 방해한 유저에게 가해지는 페널티로 방해자의 그림자는 회색으로 나타난다.

일명 '그레이'라 한다.

다양한 플레이 방해 행위가 있으니 열거하자면 숨 찬다.

자유도시가 제공하는 서비스를 이용할 순 없지만 개척촌을 이용하고 친인들과 파티를 이룰 수 있다. 일정 기간 사건을 일으키지 않으면 원래대로 돌아가기에 회색 그림자와 검은 그림자를 오가는 지능범이 있을 정도다.

E&T 인공지능 시스템이 로그와 당시 정황을 분석해 잘 가

려낸다.

아니면 유저들이 참여한 배심원제로 유무죄 여부를 가리기도 한다. 비용은 해당 유저 부담이기에 잘 이루어지지 않지만 정 억울하면 이런 방법도 있다.

여하튼 그레이는 자유도시에 발을 들이다 발각되면 누구든 죽여도 상관없다.

이 회색 그림자에서 더 나아가면 '빨갱이' 라는 자타가 공인하는 흉악범 단계로 넘어간다.

골든 보이의 전신인 '다금발이' 가 그 예 되시겠다.

표현 그대로 그림자가 피보다 붉다.

E&T가 자체 현상금을 걸어 필드에서 몬스터로 인식되며 그 어떤 파티에도 가입되지 않는다.

당연히 PK로 연명하는 수밖에 없기에 필드에서 이들과 맞닥뜨리면 재앙도 그런 재앙이 없다.

주로 레이드 마지막 단계에 귀신처럼 나타나 몬스터를 스틸하고 지친 공대원들을 학살해 전리품을 챙겨 '직업 악당' 의 길로 나아간다.

자신들만의 사회를 만들어 스스로를 'PK생활자' 로 지칭하며 게임 속 콘텐츠로 자신들의 플레이를 강변하기도.

그 덕에 이들을 전문적으로 사냥하는 '바운티 헌터(현상금 사냥꾼)' 라는 클래스가 따로 있을 정도로 비중있는 세력으로 성장해 있다.

참고로 E&T 10대 흉인 가운데 무려 세 명이 이 분류에 속해 있다. 이 10대 흉인 반열에 들려고 기웃거리는 악당은 부지기수라.

빨갱이는 그레이와 달리 자유도시 곳곳에 설치된 관문을 통과할 수 없다.

하나 그 빨갱이 흉인들은 '그림자 덧씌우기 아이템'을 이용해 자유도시를 자유롭게 들락거리며 유저들을 농락하고 있다.

대표적인 조롱 사건이 근래에 터졌다. 흉인 중 한 명이 이 아이템을 이용해 '빨갱이 토벌대'에 참여해 토벌대 전체를 빨갱이 소굴로 유인했으니… 자유도시 바운티 헌터들이 일망타진 당한 사건이 근래에 발생한 것이다.

강철리그가 없었으면 유저사회의 최대 이슈였으리라.

이 세 명의 빨갱이 흉인이 자유도시의 밤을 장악하고 있다는 소문이 돌고 있다.

여하튼 빨갱이 흉악범 단계는 어느 게임에나 있다. 대다수 게임을 접을 때 막가는 플레이로 일탈을 할 때나 발생하지만 E&T의 빨갱이들은 자신들의 사회를 만들 정도로 왕성하게 활동하고 있다는 것이다.

자신들의 표현대로 PK만으로 먹고사는 데 지장없을 정도로.

그렇게 자유도시 유저들의 여론은 그 어느 때보다 범죄자에 대한 인식이 최악인 상황이다.

아니나 다를까, 경기장 분위기가 살벌하게 가라앉았다.

관중들의 시선은 모두 한 곳을 향하고 있다.

기계사 지오의 그림자를 감싼 형태로 또 다른 그림자가 아지랑이처럼 이글거리고 있다는 것.

우우?

갑옷에 무슨 짓을 한 거여—?

그랬다. 자세히만 보면 그림자에 또 다른 그림자가 겹쳐 있는 것처럼 보이고 있었다.

여론 몰이가 통하지 않으니 이젠 범죄자로 몰려 함인가?

갑옷 투구를 스스로의 힘으로 벗을 수 없는 나로선 옴팡 뒤집어쓰게 생겼음이라.

나의 결백을 밝힐 수 없다니…….

'딱 걸렸지!' 라는 의미가 담긴 야비한 미소가 운영위원과 VIP석에 자리한 이들의 대다수의 얼굴에 걸려 있다.

…이런, C8!

그렇다. 기획된 함정이었다.

저들은 선수 등록 때 이미 알고 있었다. 기계사 지오가 얼굴을 밝힐 수 없는 상태임을!

그것조차 의심해 배덕자로 몰라 얼굴을 드러내게 유도했다.

그렇게 정말로 모습을 드러낼 수 없는 상태임을 확인하자 결정타를 날린 것이라.

길고 긴 말씨름은 바로 이 순간을 위한 연극이자 노림이었다.

범죄자로 모는 것이 이 연극의 완성!

그리고 이 연극의 주연은 VIP석의 음모자도 운영위원도 아니다.

바로 이곳에 자리한 관중들이었다.

아무리 기계사 지오가 범죄자가 아니라 해도 통할 리 없는 상황이라.

얌체든, 배덕자든, 범죄자든 팀 유니콘의 피를 원함이다.

*　　　*　　　*

운영위원이 이 순간을 기다렸다는 듯이 손을 들어 올렸다.

쿠쿠쿠쿠쿠쿠쿠쿠쿵—!!!

경기장 지축이 뒤흔들리며 각양각색의 강철거인 수십 기가 경기장에 모습을 드러냈다.

팀 유니콘에 전멸당한 두 개 팀을 제외한 강철리그에서 움직일 수 있는 강철거인은 전부 투입되었음이다.

팀 유니콘을 완벽하게 포위한 형국!

가까이는 팀 홍돈을 포함해 무려 43기의 강철거인이 우리를 포위하고 있다.

둘러쳐진 철의 장벽!

관중들마저 숨을 죽이며 추이를 지켜보고 있다. 강철거인의 마나 엔진이 뿜어내는 낮은 으르렁거림만이 대지에 낮게 깔려 흘렀다.

운영위원이 득의만면한 눈으로 선언하듯이 말했다.

"팀 유니콘은 범죄자를 멤버로 받아들인 대가를 겸허히 받아들이라—"

…….

어투에 고압적인 기세가 가득 담겨 있다.

"팀 유니콘을 지금 즉시 해체할 것이며 범죄 수익 전부를 강철리그 운영위에 귀속한다—!"

……!

틀 밖에 자리한 아웃사이더의 승리는 범죄라 이건가?!

그랬어, 빛느님의 무관심과 가호가 없을 때 눈치챘어야 했다.

…무언의 경고였는데…….

아씨— 이럴 줄 알았으면 틀 안으로 들어오라 할 때 머리 납작 숙이고 들어갈 것을.

후회가 물밀듯이 밀려들어… 오지 않았다.

전혀!

누가 봐도 비굴해 보이는 미소를 지었다.

승자의 여유가 배어 있는 운영위원과 그 너머 자리한 VIP석을 향해 두 팔을 들어 올렸다.

그러면 그렇지 하는 조소 섞인 얼굴들이 보였다.

좋지?

어거지로 항복받으니까 좋지?

천천히 들어 올린 팔뚝을 빠르게 접어 예의 팀 유니콘의 전매 상품인 '빅엿'을 선사하는 퍼포먼스로 바꾸며 외쳤다.

"얼마든지—!!!"

운영위원은 어이없는 헛웃음을 너털 터뜨리더니 손을 들었다.

강철거인들의 마나 엔진음이 기잉기잉! 날카로운 마찰음을 토하며 신호에 호응했다.

공기가 팽팽하게 와락 당겨지는 게 느껴졌다.

그때였다.

그 긴장된 중앙으로 스파핫—! 강렬한 빛줄기가 떨어졌다.

모두의 시선이 VIP석 최고석으로 향했다.

그 빛줄기를 던진 주인공은… 빛느님 비쉬느였다.

경기장 전체가 숨을 죽였다. 거짓말처럼 거친 마나 엔진음마저 낮게 가라앉았다.

비쉬느… 마법 장막 밖으로 탈속한 자태를 드러내고 있다.

푸근하고 따뜻한 미소가 걸린 입가는 단단히 굳어 있다.

운영위원이 그녀를 올려다보며 의문을 표하자,

"지목된 기사가 범죄자가 아님을 제가 보증합니다. 그러니 이 거친 소동을 멈춰주세요—!"

호소에 가까운 외침이었다.

웅성웅성— 관중들 사이에서 술렁임이 커졌다.

운영위원의 얼굴에 짜증이 배었다.

"비쉬느님, 당신의 보증만으로 이 문제를 풀 수 없습니다.

우리는 그 스스로 해명할 기회를 주었습니다. 해명을 거부한 것은 팀 유니콘입니다. 그들 스스로 범죄자의 편에 선 것입니다."

운영위원이 단호한 어투로 거부했다.

한데 그 말이 끝나기 무섭게 VIP석이 분주하게 움직이기 시작했다.

뜻밖의 어수선함에 운영위원은 영문을 모르는 듯 얼굴을 찌푸렸다.

이내 무수한 이들로부터 체내 통신을 교환하는지 눈꺼풀이 파르르 떨렸다.

운영위원이 도전적인 눈빛을 번뜩이며 고개를 치켜들어 비쉬느를 바라보았다.

"비쉬느님이 신원을 보증하신다니, 좋습니다. 그럼 보증의 증표로 당신의 지위와 직책을 걸어주십시오."

……!

…….

비쉬느의 그림 같은 속눈썹이 당황으로 파르르 떨렸다.

목에 무언가 걸린 듯한 느낌이라.

강철리그의 숨은, 그리고 진정한 목적이 무엇인가?

비쉬느의 호위기사를 선출하는 것이다. 그녀를 에스코트해 빛의 탑 내부에 들어가 빛의 탑이 가진 비밀을 탐지하기 위함이다.

그녀가 감히 거부할 수 없도록 기만에 달하는 유저들 앞에서 그 과정이 치러졌다.

VIP들의 목적은 뭐니 뭐니 해도 빛의 탑에 들어가는 것이라.

비쉬느는 빛의 탑에 들어갈 수 있는 열쇠와도 같은 존재!

협조자이면서 동시에 가장 큰 방해자이기도 했다.

만약 방해자인 비쉬느의 지위를 끌어내릴 수만 있다면 이보다 좋을 수 없음이라.

다시 한 번 말하지만 빛의 탑은 주인 없는 자유도시에 주인이 되는 관문으로 알려져 있다.

근거는 전혀 없다. 그저 그런 소문만 무성하다.

나에게 그런 기회가 주어졌지만 감히 도전하지 않았다. 비쉬느가 말하지는 않았지만 원하지 않음이 피부로 느껴져서다.

꼭 말로 하고 귀로 들어야 다 아는 것이 아니다.

탑 내부를 공개 못하는 비쉬느 나름의 사정이 있음이라.

한데 지금 비쉬느를 향한 관중들의 시선이 전에 없이 차갑다.

범죄자를 옹호하는 것으로 느껴서이리라.

"…좋습니다. 정 그렇다면 제 빛의 탑에 관한 직책 전부를 걸겠어요."

비쉬느가 간신히 입을 열었다.

웅성웅성—

관중석이 더욱 어수선하게 술렁였다.

역시 비쉬느 언뉘—!!!

당신의 땃땃한 한줄기 빛으로 이 어설픈 그림자를 날려주세요―

가능하시죠?

급히 운영위원이 손을 들어 장내의 어수선함이 자신에게 향하도록 했다.

"그런데 말입니다. 저자의 그림자를 걷어내야 할 것 같은데 누가 그 일을 감히 할 수 있을까요? 아, 미리 말씀드리는데 비쉬느님에겐 그림자를 걷어낼 권한을 드릴 수 없습니다. 방금 보증을 서신 순간, 범죄 관계자가 되셨으니 말입니다."

…….

빌어먹을! 감히 저 작자가…….

시스템상 범죄자를 도우면 범죄자로 취급받게 되어 있다.

용의주도한 놈인 줄 알고 있었는데, 단단히 벼르고 있었어.

설마 이것까지 계산에 넣었을 줄이야.

"그러면 공정하게 그 일을 처리할 유저는 있나요?"

비쉬느가 다급하게 물었다.

"물론입니다. 근래 자유도시에 숨어든 범죄자 중 무려 빨갱이 20명에 그레이 134명을 적발하신 분입니다."

오오―!!!

관중들이 반응이 예사롭지 않다.

강철거인 리그에 가려졌지만 바운티 헌터들이 함정에 빠져 대학살 당하고 나서 자유도시에 범죄자 소탕 캠페인이 대대적으로 벌어졌다.

그 과정에 혜성처럼 등장한 하이엔드 유저가 다수 탄생했다.

"그분이라면 저자가 범죄자임을 반드시 밝혀낼 것입니다."

운영위원이 자신만만한 어투로 대답했다. 이어,

"나와주시겠습니까? 자유도시의 축복이여―"

…응?

어, 엇?! 뭐시라?

축복이라고라―?!

뭐, 이런 일이.

경기장 끝에서 성전기사단 소속 성직자 복장의 아름다운 미형 캐릭이 당당한 걸음으로 다가오고 있었다.

우어어어어― 수컷 관중들의 턱 빠지는 소리가 길게 울렸다.

……!

그 큐브였다. 훈훈한 축복의 아우라가 그녀를 중심으로 은은하게 뻗어나오고 있었다.

그렇게 의도적으로 자신의 존재를 확실히 부각시키고 있음이라.

음, 이뻐졌다. 고대 유적 던전에서 본 모습에서 크게 달라지지 않았지만 왠지 성숙한 느낌이 강하게 풍겨왔다.

하나 그저 그뿐이다.

점점 다가올수록 아우라의 형상이 구체적으로 그려졌다. 예의 날개 형상의 아우라로, 그녀의 등 뒤에서 보호하듯이 감싸고 있다.

축복사의 아우라에 유저들은 감탄과 신뢰의 눈으로 바라보았지만 내 눈엔 그저 형광등 백 개 아우라 정도.

기적사 우우의 경우 이 빛의 날개를 활짝 펼친 상태다. 기적이 축복을 넘어선 결과로.

군이 비교하자면 백조의 우아하게 활짝 펼친 날개와 거위의 접은 날개와의 차이랄까.

우우 짱!

아?! 방금 이 말은 취소다. 이 소동의 주범이니.

여하튼 그녀는 곱등이는 물론 일체 다른 유저에겐 눈길조차 주지 않고 있다.

두 눈은 오로지 강철거인 어깨 위에 자리한 용갑(龍鉀)의 기계사 지오를 향하고 있을 뿐이다.

기계사 지오에 다가갈수록 눈빛은 크게 흔들리기 시작했다.

설마 알아보았을 리… 아니었다.

우뚝 멈추어 서더니 강철거인 위에 자리한 기계사 지오를 뚫어져라 바라보고 있다. 눈빛이 무수한 혼란으로 가득하다.

당당한 등장과 달리 얼굴 가득 혼란이 자리 잡고 있다 .

그랬다. 기계사 지오는 '기적'의 기운이 깃든 갑옷을 걸치고 있다.

자신과 적대적으로 격돌한 그 기운을 모를 리 없다. 그리고 그 기운에 자신은 무릎 꿇어야 했고.

"…축복사 큐브님, 무슨 일이신지?"

운영위원이 주위를 환기시켰지만 축복사 큐브는 반응없이 기계사 지오를 복잡한 눈으로 올려다볼 뿐이다.

헤어진 연인을 찾은 애틋한 눈빛에서 원수를 찾는 살벌한 눈빛까지, 빠르게 교차하는 눈빛의 의미를 파악하는 것은 나뿐일지도.

투구 속 기계사 지오의 활활 타오르는 불길한 눈과 큐브의 눈이 무수히 교차했다.

"저자의 정체를 밝혀주십시오, 축복사님."

영문을 모르는 운영위원의 조급한 재촉이 있고서야 고개를 끄덕이는 큐브였다.

그리고 기계사 지오를 노려보았다. 인생의 대적을 바라보는 눈으로.

큐브는 입술을 살짝 씹으며 천천히 입을 열었다.

"…과거를 감추려는 나그네여……. 어둠을 밝히는 빛이여— 과거를 비추는 등불이 되어 나그네가 걸어온 길을 밝혀라—!"

큐브를 중심으로 익히 경험했던 검붉은 축복의 기운이 일더니 순식간에 나, 기계사 지오를 덮쳐 왔다.

용갑이 부르르르 떨며 침투하는 기운에 맞서 자동으로 반응했다.

차라라라랏—!

기적의 청량한 청백색 기운이 갑옷을 중심으로 빛을 발하며 덮쳐 온 칙칙한 검붉은 기운을 밀어내며 저항했다.

와아아아아ー!

우워어어어ー!!

영문을 알 길 없는 관중들은 기이한 기운의 기세 싸움에 기함을 질렀다.

기운과 기운이, 기세와 기세가, 색과 색이 충돌하며 찬란한 빛과 탁한 빛 입자를 사방으로 뿌려댔다.

비쉬느가 발하는 차별없는 온화한 빛과 성질이 다른 폭력적인 빛의 편린에 눈이 부시고 따갑다.

하아ー 이걸 어떻게 해야 하나.

그림자가 벗겨지길 바라마지 않은 상황인데 이놈의 갑옷이 그것을 거부하려 한다.

나도 원한다. 기계사 지오는 건강 상냥한 호감 덩어리 메이지 지오 아니던가.

이 우수꽝스러운 갑옷에 그 자태를 숨겨서야 여성 유저들에게 가한 테러가 아니고 무엇이랴.

그래, 제발 벗겨달라고ー!

그런 의미를 담은 눈빛을 큐브에게 전달했는데 전혀 다른 의미로 받아들여지나 보다.

…조롱이라는.

투구 속 붉은 눈이 도전적으로 활활 타오르고 있다.

큐브의 입술이 구겨졌다.

오, 눈빛에 의지가 느껴져. 이거 느낌이 좋지 않은데.

“…과거를 감추려는 나그네여……. 어둠을 밝히는 빛이

여— 과거를 비추는 등불이 되어 나그네가 걸어온 길을 밝혀라—!!"

커다란 영창이 있고 두 팔을 날개처럼 활짝 펼쳤다.

화라라라라라라라랏—!!!

다시금 검붉은 축복의 기운이 갑옷에 작열하고 갑옷 역시 그만큼의 기운으로 저항했다.

경기장 안이 날카로운 빛의 편린으로 가득 찼다.

또다시 날카로운 영창에 이은 빛의 파도가 밀려왔다.

그만큼의 반발에 밀려나는 빛의 파도와 산산이 부서지는 빛의 편린들.

축복은 기적을 넘지 못하고… 큐브의 자존심이 뭉개지는 게 보였다.

이거 사건이 크다. 우우가 아닌 우우가 부여한 아이템을 이기지 못하고 있음이니.

헤헤, 바보 우우가 무지 쎄구나.

웃을 일이 아니다.

드디어 관중들까지 지금 현상이 어떤 의미인지 알아채기 시작했다.

이건 뭐지?

악당 맞아?!

추악한 빨갱이 범죄자의 진면목 대신 청백의 선량한 기운을 마구 뿜어내고 있는 것이 비쉬느의 공평무사한 빛 내림과 유사하기까지 하니.

　그렇게 모두들 혼란스러워 하는 게 여실히 보였다.

　게다 수많은 빨갱이 범죄자들의 그림자를 가볍게 벗겨낸 큐브의 법력이 통하지 않는 존재가 있다니!

　관중들의 술렁임이 커지자 큐브는 축복의 기운을 가일층 키워 뿌려댔다.

　경기장은 홍운에 잠겼다, 청운에 밀려나기를 반복했으니…….

　그 노력이 애처로울 정도다.

＊　　　＊　　　＊

　"…헉헉……."

　축복의 기운이 거두어졌다.

　큐브는 숨을 들썩이며 주먹을 꽉 쥐었다. 눈가에 분한지 엷은 눈물이 맺혀 있다.

　딱한지고.

　단 한 번의 패배가 이런 결과로 이어질 줄이야.

　승자 독식이라는 E&T 시스템의 특유의 잔혹함이랄까.

　"…분해, 어떻게 그 사이에 이 정도까지 차이날 수 있는 거지?"

　갑옷의 그림자를 벗겨내는 걸 실패했음을 인정하자 운영위원의 눈이 휘둥그레졌다.

　"이럴 수가?! 큐브님의 축복으로 그림자를 벗겨낼 수 없다니?!!"

바보가 은근히 무지막지하다니까.

나 역시 아이템 주제에 이 정도로 완고할 줄은 몰랐다.

"우우, 내 사랑의 크기라능."

갑옷을 입히며 하는 농담인 줄 알았는데… 완전 저주의 철 가면 수준이잖은가.

이건 사랑의 크기가 아니라 민폐의 크기라니까.

속으로 투덜거리고 있는데 비쉬느가 경기장에 내려와 있는 게 눈에 들어왔다.

그녀도 놀란 눈치다.

두 눈에 호기심과 의문으로 가득하다.

"어쩜, 이렇게 강하고 우직한 사랑이 있을 수 있다니?!!"

내 말이…….

아이쿠― 사랑이 아니고 민폐거든?!

그러고 보니 비쉬느의 등장에 큐브가 공격을 멈춘 것이었다.

큐브가 눈으로 비쉬느에게 묻고 있다. 당신이라면?

비쉬는 고개를 저었다.

"저도 자신없어요, 제 은혜의 기운과 큐브님의 축복의 기운과 별다르지 않습니다. 용갑의 기사 역시 그 갑옷에 부여한 기운에 그만큼 호응하고 있어요."

“…….”

“절대 떨어질 수 없는 연인 같다고나 할까요.”

“…….”

어허— 이거 꿈보다 해몽이 좋은데.

아무튼 그런 거 아니거든?!

이건 일방적인 짝사랑이야—! 짝사랑이라고?!!

한데 큐브가 비쉬느의 설명에 힘없이 고개를 돌렸다. 그때까지 은근히 도전적으로 소용돌이치던 암적색 아우라는 그녀를 중심으로 얌전히 수렴되어 갔다.

패배자 같은 맥 빠진 모습이라.

이에 주변이 소란스러워졌다.

비쉬느만 내려온 게 아니었다. 대다수 VIP들 역시 경기장으로 내려와 이 빛의 쟁패 과정을 관찰 중이었다.

전문가 티 나는 유저들도 섞여 있다.

자신들이 준비한 축복사 큐브의 포기에 다들 눈빛에 당황함이 역력했다.

더불어 배제한 비쉬느도 자신없다 한다.

후후, 이제 어쩔래?

“언제까지 검증에 응해야 합니까?”

운영위원에게 물었지만 시선은 모두를 향했다.

“더 이상 그림자를 벗기려는 시도를 하면 이후에 벌어지는 일은 저도 책임질 수 없습니다.”

괜히 하는 으름장이 아니다.

참을 만큼 참았다.

적대적인 기운에 화가 나 튀어 나오기 직전이다.

사실이다! 용갑이 거칠게 떨고 있다.

튀어 나오고 싶어하는 폭력적인 그 무언가가 있었다.

그랬다. 용갑 자체가 그 무언가의 봉인체다.

순간 내 머리를 강타하는 불길한 이미지가 있었다.

"…오, 노!"

절로 신음이 터져 나왔다.

씨도 먹히지 않았다.

경고를 했음에도 다들 고귀한 턱을 치켜들며 콧방귀를 픽픽 뀌어댔다.

"10대 흉인 가운데 한 명일 거야. 그림자가 여전히 흔들리고 있어."

"맞아, 3대 빨갱이 중 하나가 분명해!"

VIP 중 몇몇이 추측을 단정 지으며 구시렁댔다.

소설을 써라, 써?!

"후후, 아이템에 이상한 트릭을 쓴 것 같은데 그 준비를 가상히 여기겠습니다. 하나 그 꼼수를 밝히는 수단은 성스러운 기운만 있는 게 아니라는 거죠."

운영위원이 낮은 톤으로 말했다.

VIP 앞이라 어투가 공손해졌다. 정말 재수없다.

"……."

나 참, 꼼수 아니라니까.

사랑의 크기라잖아.

근데 지금 또 뭐하자는 거야?

"큐브님, 수고하셨습니다. 큐브님 덕분에 저자의 정체가 명명백백하게 드러났습니다."

"……?"

…이건 뭐지?

"운영위원회와 관중감시단이 팀 유니콘의 처분에 대해 합의했습니다."

뭐여? 언제? 누구 마음대로?

"비쉬느님의 중재를 참고하여 검증에 협조한 팀 유니콘의 해체는 없는 것으로 하며 승리 수당 및 전리품의 소유에 대해서도 인정키로 하겠습니다."

"……."

당연한 거 아냐?

"하나 문제의 멤버는 여전히 정체를 밝히지 않음에 스스로 정체를 밝힐 때까지 자유도시 감옥에 억류키로 결정했습니다."

……!

귀를 의심했다.

순순히 응하니 뭐 이런 짓거리를!

"커커커커—"

오, 이런.

잊고 있었다, 화약고의 존재를.

그랬다. 지금까지 조용히 있던 큰곰이 등이 어이없음에 하늘을 올려다보며 너털웃음을 터뜨린 것이었다. 코에서 뿜어진 뜨거운 김이 여기까지 전해지고 있다.

플리즈— 참으라고요.

운영위원은 콧방귀로 무시하며 고개를 돌려 관중들에게 말했다.

"여러분들이 지켜보았듯이 우리는 이자에게 스스로의 결백을 주장할 충분한 기회를 주었습니다. 이에 구류 결정을 내렸습니다."

와아아아아아—!!!

집어 처넣어—!!!

관중들의 분위기는 교수대에 밧줄을 걸 기세다.

운영위원은 만족한 미소를 지으며 말을 이었다.

"범죄자와 공모한 팀 유니콘에 대한 처분입니다. 그 스스로의 결백을 리그 전 팀을 상대로 주장할 기회를 부여하겠습니다. 지금부터 결승전 겸 팀 유니콘의 명예 회복 집단 결투를 동시에 치르겠습니다."

와아아아아아아—!!!

일방적인 선언에 관중들은 커다란 함성으로 화답했다.

귀를 의심했다.

기계사 지오는 억류도 받아들이기 어려운데 나머지 멤버로 43기를 상대로 결투를 하라니?!

유흥의 재물로 던져짐이라.
뻥진 얼굴의 나에게 운영위원이 낮게 속삭였다.
"규칙을 만드는 것도 권력이지만 규칙이 없으면 없는 대로
운영하는 것 역시 권력입니다."

뭐 이런 딴나라 짓거리가 있단 말인가.

Act 03
닭 배틀

機甲戰記

Massacre

기갑전기 매서커

"야 이— 시베리안 쌍화차 같은 것들아—!!!"

큰곰이 노호성을 터뜨리며 어깨에 걸친 둔기형 도끼를 맨땅을 내려쳤다.

쿠웅—!!!

대지가 울렁이며 경기장에 자리한 VIP 몇몇이 중심을 잡지 못하고 제자리에 주저앉았다.

말릴 생각 없다.

이러나저러나 이 자리에서 죽으란 말이니까.

기어이 팀 유니콘을 재기 불능 상태로 몰겠다 이거다.

VIP들이 땅을 허겁지겁 짚으며 달아나기 시작했다.

달아나는 운영위원이 기다렸다는 듯이 환한 미소를 지으며 목에 손을 쓰윽 그었다.

경고!!!

팀 유니콘이 고귀한 자들을 욕보였습니다.

팀 유니콘이 존귀한 자들을 위협했습니다.

팀 유니콘 소속 강철거인이 비무장 유저를 위협했습니다.

신고가 빗발치고 증인도 풍부하니 붉은 경고 메시지가 빼곡하게 차올랐다.

범죄자 등록!
팀 유니콘의 멤버가 강철거인에 탑승한 상태로 비무장한 유저에게 욕설과 물리적인 위협을 가했습니다. 이 위협은 심각합니다. 수많은 유저들의 신고가 폭주하고 있습니다. 문제의 멤버를 팀에서 추방할 것을 권합니다. 더불어 파티에서 퇴출을 권합니다. 그렇지 않으면 범죄자의 보호자로 인식됩니다.

……

이런이런, 이게 진짜 함정이었다!
큰곰이의 강철거인 그림자는 이미 회색으로 변해 있다. 그

것은 범죄자의 징표!

"뜨헉—! 뭐, 이런?! 지오야… 이 일을……."

그제야 함정에 빠진 것을 깨달은 큰곰이었다.

하나 나는 그를 향해 엄지를 치켜세우며 고개를 끄덕였다.

"같이 은행 털기로 했잖아요. 앞을 보세요. 은행이 널렸잖
아요."

별일 아닌 투로 이야기했다.

"아니, 그래도 너희들까지……."

"참으면 폐가망신입니다. 이 참에 와방 들이받읍시다."

골든 보이도 큰곰이를 옹호했다.

그렇게 모두의 그림자가 회색으로 물들어갔다.

여기서 들이받으면 빨갱이가 되겠지.

구구구구구궁— 잔 돌이 튀며 대지의 거친 진동이 발을 타
고 올라왔다.

강철거인의 거친 엔진음이 경기장을 가득 매웠다.

입씨름은 끝났다.

홀가분하게 외쳤다.

"자, 한판, 아니 대판 놀아봅시다—!!!"

""오—!""

다들 홀가분하게 대답했다.

인생, 뭐 별거 있나?!

짓밟히기 전에 들이받는 거지.

무릎 꿇은 강철거인에 오르려는데…….

…아차차!

비쉬느가 망연한 눈으로 나를 바라보고 있다. 걱정이 한가득이다.

나는 씨익 웃으며 그녀에게 손을 내밀었다.

"웰 컴 투 갱."

비쉬느가 환하게 웃으며 내민 손을 잡았다.

한 치의 의심 없는 얼굴이 이럴까.

반하겠네.

체온이 통하자 비쉬느의 그림자가 회색으로 물들었다.

당기는 순간 품 안에 안겼다. 절대 고의가 아니다.

미요만큼 당겼는데 비쉬느가 체중이 덜 나가서 벌어진 일이다.

품에 안겨 귀까지 빨개진 비쉬느가 속삭이는 투로 말했다.

"…빛의 탑으로 가요. 모두를 안전한 장소로 안내해 줄 유일한 곳이에요."

그녀는 그림자조차 이쁘다.

*　　*　　*

쿵쿵, 척. 쿵쿵, 척—!

대지가 규칙적으로 울렁이기 시작했다.

강철거인들이 사방에서 방패를 앞세우고 차근차근 조여

왔다.

"씨파— 각오는 됐는데 이거 그림이 영 거시기한데."

큰곰이 긴장했구나.

"이거야말로 진정한 결승전! 뜨겁게 달아올랐습니다."

골든 보이는 몸을 던질 각오였다.

"…수지가 맞지 않아……."

그새 손익 계산을 마친 작은곰이라.

이게 아닌데라는 약간의 원망도 느껴진다.

미안한 마음이 들었다. 제대로 놀지도 못하고 이 꼴이라니.

"방금 하드 코어 모드로 전환했습니다."

각오를 밝혔다. 죽으면 지금까지 캐릭은 사라지리라.

하나 그만큼 스탯 상승과 동화율 보정을 받을 수 있다.

상태창의 변동 상황이 주르르륵 올라갔다.

> 좋은 각오입니다. …동화율 보정 6% 적용됩니다.

반드시, 비쉬느를 빛의 탑으로 무사히 인도하리라.

지오 캐릭 둘로 탈출로를 뚫기를 바라며.

그것만이 이 모든 억지에 엿을 먹이는 수!

"""호오—?!"""

통신관을 통해 감탄성이 일시에 울렸다.

"좋습니다. 저 역시 하드 코어 모드로 전환했습니다. 몸 던져 길을 열겠습니다."

골드 보이가 낮게 으르렁거리는 어투로 말했다.

그의 전투 게이지가 빠르게 올라가고 있는 게 느껴졌다.

"으허헛— 간만에 하드하게 가는 거지. 나는 경기장을 벗어나는 것까지."

큰곰이 역시 하드 코어 모드로 전환했음이다. 책임감이 전해졌다.

"오우— 이거 간만에 짜릿함이 척추를 타고 오르는군요. 전 온몸을 던져 방패 역할입니다."

작은곰이 역시 하드 코어 모드로 전환했음이라.

…….

다들 그럴 필요 없는데 말이다.

하나 뜨거운 느낌이 가슴을 통해 모세혈관까지 전부 퍼져가고 있음을 부인할 수 없었다.

이어 다섯 줄기의 빛줄기가 강철거인에 떨어져 내부로 스며들었다.

비쉬느의 가호였다.

그녀는 조종석 뒤에 단단히 몸을 웅크리고 기도에 열중하고 있다.

햐— 버퍼 쩌는데.

그러자 다가오는 적들 위로 암적색 가호가 떨어져 내렸다.

축복사 큐브가 개입했음이라.

"야— 지오야?"

큰곰이었다. 벌써 후회하기 시작한 거야?

“넵.”

“…그러니까, 뭐 없냐?”

“……?”

“닭 중에 네가 사주는 닭이 제일 맛있더라! 뭐 지금 사줄 필요는 없는데… 그렇다고.”

아놔—!

간혹, 아니, 너무도 자주 우리끼리 ‘닭 배틀’ 이라는 내기를 한다.

이 지오님의 죽음을 가지고.

당연히 큰곰이가 내도록 옴팡 뒤집어썼다.

“좋습니다— 한턱 쏘죠! 각자 데드시키는 강철거인 대수만큼 제가 쏘겠습니다.”

“““오—!”””

호응이 너무 좋은데.

“지오야?”

“예.”

왜?

큰곰이 긴장이 너무 되는가 보다. 너무 말을 자주 걸어온다.

왜 아니 그럴까, 완벽한 다구리 상황이니.

형— 쫄지 마—!!

그렇게 기합을 넣어주려는데…….

“두 마리 치킨은 한 마리로 치는 거다.”

삐질— 다리가 풀릴 뻔했다.

……

지금까지 사나이들의 의기로 뜨거웠던 통신관이었건만…

싸한 분노의 숨소리만 흘렀다.

“컁— 언제나처럼 제 것까지 드세요.”

“으흐훗, 그럼 딱 다섯 마리만 이몸이 책임지겠어. 그만큼 털린 것 같으니.”

닭강정까지 치면 필히 열 대는 잡아야 똔똔이거든?!

“흠, 그렇다면 이몸의 할당량은 최소 여덟 기는 되겠군. 할당 완수하겠음.”

이런, 골든 보이였다.

“에혀, 다들 닭에 환장했다니까. 나는 세 대! 그 이상은 무리 데스—”

작은곰이도 닭 배틀에 참가했다.

그렇게 제 몫을 해낼 비책을 가지고 있음을 간접적으로 밝혔다.

나머지는 기계사 지오와 곱등이 몫이라는 것인데… 나름 홀가분하군.

그렇게 각오를 다지는 사이 긴장된 거리는 차근차근 줄어들고 있었다.

선봉은 골든 보이의 오렌지색 강철거인이었다.

그 뒤를 퇴폐적인 핑크색 강철거인이 받쳤다.

이어 묵색 장창을 든 강철거인이 따랐다.

곱등이의 유니콘에 이어 기계사 지오의 강철거인이 마지막이었다.

대형 좋고!

박력 좋고!!

버퍼 쩔고!!!

마름모 형태의 대형을 유지하며 팀 홍돈의 강철거인과 격돌했다.

골든보이의 휘어진 검은 오렌지색 불꽃에 휩싸여 적을 향해 사납게 뿌려졌다.

와가가가각― 쓰퉁―!!!

검에서 뿌려진 오렌지색 에너지체가 적 강철거인이 앞세운 방패를 횡으로 분리시켰다.

큰곰이의 도끼가 분리된 방패 뒤에 움츠린 강철거인을 노리고 종으로 내리꽂혔다.

부우우우웅― 꽈작―!!!

이게 다가 아니다. 이 둘의 합격에 생긴 빈틈을 노리고 접근하는 적 강철거인을 향해 새파란 예기로 번뜩이는 창끝이 파고들었다.

슈슈슈슈슉―!

전투 시작과 동시에 대형 뒤로 적 강철거인이 쇄도해 왔다.

기계사 지오의 강철거인이 뒤로 돌아 달려드는 적 강철거인들을 향해 검을 뿌렸다.

길게 뿌려진 거대한 검에서 무음의 예기가 분리되어 쇄도하는 적을 향해 날아갔다.

쓰퉁—!!!

공간을 격한 무음의 예기에 적 강철거인 두부가 분리되어 튀어 올랐다.

…….

다가오는 적들이 정지했다.

그 어떤 강철거인도 선보인 적 없는 공격이었기에.

나도 놀랐다.

단연코 스킬이 동반된 공격이 아니었다.

기계사 지오, 고대연구서 던전에서 수천에 달하는 유저들을 박살 낸 전력이 있는 캐릭이다.

골렘 오너로서 능력과 축적된 노하우가 매서커 캐릭에 근사치로 육박한 상태다.

그리고 용갑에 부여된 버퍼와 결합되었다.

지금과 같은 무음, 무색의 오러를 뽑아낼 수 있음이라.

찬찬히 보면 공간 왜곡을 통해 알 수 있지만 그러기엔 적들에겐 여유가 없다.

나 역시!

관찰할 틈을 주지 않기 위해 연이어 제2차, 3차 무음의 오러를 주춤한 적들을 향해 뿌렸다.

공간이 분리되는 왜곡이 일파, 이파, 삼파가 되어 적 강철거인에 떨어졌다.

와가가각—! 쿠쿵—!

무음의 예기가 강철거인의 방패와 무기와 충돌하며 귀를 찢는 충격음이 터져 나왔다.

분리되어 튀어 오르는 강철거인의 두부와 방패 모서리, 무기 파편들.

무음, 무색의 공간 베기에 적 강철거인들은 속수무책으로 가격당했다.

선두 세 명이 하는 역할을 기계사 지오 혼자 톡톡히 해내며 후위를 지켰다.

가르고 베고 찌르고를 곱등이 지오를 중심으로 움직이는 네 기의 강철거인들이 유기적으로 해내자 적들의 허둥거림이 느껴졌다.

그렇게 수적인 우위는 의미없는 그림으로 이어졌다.

분명 강철거인간의 대결에서 수적인 우위는 의미가 있다.

하나 문제는 무려 13개 팀이 연합한 포위망이라는 것이다. 당연히 전장을 통솔할 지위자가 있을 리 없다.

게다 그저 심리적 압박용으로 참가해 굿이나 보고 떡이나 먹자는 마음으로 참전한 골렘 오너들이 대다수라는 것이다.

마음가짐이 달랐다.

그렇다. 우리는 필사적이다!

상대가 압박을 받기는커녕 반대로 압박을 가해오는 형국이니 허둥거릴 수밖에.

특히 후위를 지키는 기계사 지오와 적 강철거인과의 거리는 크게 벌어진 상태다.

치명적인 무음 무색의 공간 왜곡 공격은 과연 강철거인의 무식한 검끝에서 발휘 할 수 있는 공격인지 의심스러우리라.

전투 개시 후 채 3분이 지나기도 전에 무려 13기의 강철거인이 경기장 바닥에 너부러졌다.

그제야 사태의 심각성을 느끼는 VIP석에 자리한 운영위원이 확성 마법으로 작전지시를 내렸다.

"팀당 한 기씩 전담해요— 강철거인의 망실은 리그에서 책임지겠습니다. 적극적으로 달려드세요."

말이 끝나기 무섭게 적들의 조여옴과 배치가 달라졌다.

무턱대고 달려들기보다 한 기 한 기를 노리고 공방을 퍼부어댔다.

하나 무려 7기를 홀로 베어 넘긴 기계사 지오의 강철거인을 노리고 접근하는 적 강철거인은 없다는 것이었다.

오지 않으면 가지.

이런 수가 있다.

곱등이로 기계사 지오의 등판을 힘껏 걷어찼다.

그렇게 달려나가는 탄성에 힘을 보탰다. 아무리 같은 편이라도 충격이 가는 발차기다.

하나 그 결과를 보라.

튀어 나온다 싶은데 순식간에 15미터를 건너 적 강철거인 무리 앞에 당도해 검격을 뿌려댄다.

와가각— 파차창—!!!

순식간에 두 기의 강철거인 허리가 분리되어 쓰러졌고 세

기의 강철거인이 팔과 다리가 분리되어 물러나기 급급하다.

포위망이 포위망이 되지 못하는 그림의 연속이라.

단 한 기가 만든 결과치곤 너무도 압도적이기에 관중들의 입이 벌어져 다물지 못하고 있다.

강철거인이 허리째 분리될 수 있음을 처음 알았으리라.

튕겨 나간 기계사 지오를 중심으로 커다란 공백이 만들어졌다.

하나 길을 열고 있는 골든 보이 등의 사정은 좋지 않았다.

어지럽게 어울려 돌아가고 있었고 그중 장창을 다루는 작은곰이가 위태위태한 상황에 처하기를 반복하고 있었다.

그런 작은곰이를 노리고 많은 적들이 가세했다.

나, 곱등이가 나섰다.

창을 내지르는 자세로 낮아진 작은곰이의 등판을 밝고 도약했다.

공중을 체공한 상태에서 적 강철거인 머리 위로 중량째 떨어졌다.

와당당탕탕─!!!

무려 네 기나 되는 강철거인이 도미노처럼 엉겨 너부러지고 말았다.

그 난장판 뒤를 작은곰이가 득달같이 달려와 새파란 창끝을 세워 너부러진 적의 조종석을 노리고 콕콕 찔러 넣었다.

적의 입장에선 정말 얄미운 창질이 아닐 수 없으리라.

충격에 골이 흔들렸지만 몸을 일으켰다. 그리고 가까이 있는 적의 허리를 노리고 두 팔로 끌어안으며 넘어뜨렸다.

적이 휘두른 무기에 어깨 장갑이 찍혔지만 치명적이지 않다.

버둥거리는 적의 조종석 부위에 작은곰이의 창끝이 깔끔하게 파고들며 잠재웠다.

작은곰이는 수세에서 공세로 전환에 성공했다.

그렇게 늑대 다섯 마리가 양들 사이를 누비는 그림이 이어졌다.

사상자가 늘어날수록 우리들의 그림자는 피처럼 붉게 물들어 갔다.

*　　　*　　　*

……

여전히 25기나 되는 강철거인이 출구를 집중적으로 막고 포위한 채지만 경기장은 고요에 들고 있다.

기계사 지오의 강철거인 때문이었다.

그랬다. 지금 이 한 기의 강철거인을 바라보는 눈은 경이에 가깝다.

너부러진 강철거인 절반이 그의 작품이고 반파되어 후위로 물러난 강철거인 여섯 기도 마찬가지다.

기계사 지오 캐릭, 나는 그만큼 혼신을 다했다.

강철거인을 허리째 두 동강 냈기에 진력은 고갈 직전에 몰려 있다.

하나 허리를 꼿꼿하게 세우고 의연함을 유지했다.

기계사 지오의 검끝에 투명에 가까운 청색 오러가 맺혀 있다.

이것은 더 이상 무음 무색의 오러를 날릴 수 없게 되었다는 신호였다.

그렇게 투명에 가까운 청색 오러가 깃든 거대한 검을 들고 오연하게 서 있는 기계사 지오의 강철거인을 향해 다가오려는 적은 아무도 없었다.

오지 않으며 쳐들어가 두 동강 내기를 수차례 반복한 결과다.

이중 그 누구도 그를 제압할 수 없어! 라며 관중들의 눈이 외치고 있다.

그 압도적인 위용에 망연히 지켜볼 뿐이다.

차원이 다르다!

지금까지 곱둥이가 보여준 우연의 우연이 점철된 지저분한 격투와 차원이 다른 유저라면 모두가 꿈꾸는 그림이 아닐까.

그리고 모두 그를 범죄자로 지목한 상태에서 그 자체에 배어 있는 느낌은 터무니없이 깨끗하기만 하다.

어떻게 저런 유저에 대한 소문을 듣지 못했을까? 그런 의문이 관중들의 눈빛에 맺혀 있다.

VIP석의 셀러브리티들이 우왕좌왕 오가며 머리를 맞대고

의견을 교환하느라 분주하다.

체내 통신을 교환하는 우아함은 찾을 길 없다.

이제야 잘못 건드린 것을 깨달은 것이지.

한데… 운영위원의 모습이 보이지 않았다.

왠지 불길하다.

아니나 다를까, 관중들의 술렁임을 따라 고개를 돌렸다.

……!

달리였다.

그리고 그녀를 앞장세운 자가 있었으니 문제의 운영위원이었다.

그의 차림이 바뀌었다. 성전기사단 예복에서 발목까지 내려오는 검은 롱 코트의 바운티 헌터 클래스 차림으로.

이게 다가 아니다. 그 뒤로 팀 유니콘 멤버들이 완전무장한 검은 롱 코트로 상징되는 바운티 헌터들에 의해 포박되어 끌려 나오고 있었다.

멤버들이 몸부림쳐도 소용없다.

어떻게 이런 일을!

…….

같은 유저끼리 어떤 구속도 할 수 없다.

하나 바운티 헌터 대학살 사건 이후 바운티 헌터 클래스에 범죄자 색출과 조력자 소탕을 위해 한시적으로 일반 유저에 대한 수사권과 구속권을 부여한 상태다.

그 구속권을 팀 유니콘 멤버들에게 적용한 것이고.

달리의 커다란 눈에 분한 눈물이 옅게 맺혀 있다.

아차차, 분노와 짜증으로 그녀를 잊고 있었다니…….

나를 더욱 안타깝게 하는 것은 달리의 태도였다.

그녀는 나름 나를 자극하지 않으려고 의연하게 고개를 들고 등을 폈지만 그럴수록 표가 더 났다.

대비되게 궁지에 몰린 쥐처럼 빠르게 눈알을 굴리는 운영위원이 입을 열었다.

"더 이상 소동은 끝이다! 강철거인에서 당장 내려와라— 그렇지 않으면 이들의 안전을 보장할 수 없다!"

…….

아무리 궁지에 몰려도 무고한 이들을 인질로 잡다니.

그리고 보는 눈은 오죽 많은가.

악당 같은 대사를 내뱉었지만 관중들의 반응은 살짝 눈살을 찌푸리는 정도의 반응이 다다.

"두 번 말하지 않겠어. 내려오지 않으면 팀 유니콘의 멤버들도 범죄자로 간주해 즉결 처분하겠다."

…….

치 떨리는 분노로 솜털 한 올 한 올 곤두섰다.

1%가 할 수 있는 짓거리가 고작 이거란 말인가.

"절대 나오지 마—! 전부 뭉개버… 악!"

달리는 말을 잊지 못하고 뾰족한 비명을 토하고 말았다. 운영위원이 팔을 꺾어 사납게 틀어쥐었기에.

그렇게 운영위원은 달리를 앞세워 눈을 야비하게 번뜩이며 무언의 압박을 가해왔다.

운영위원은 나에게만 따로 체내 통신을 보내왔다.

"흐훗— 비겁하다 욕해도 좋다. 범죄자를 제압하기 위한 고육지책으로 소명하면 끝이니까. 내말을 들어주는 편은 귀가 크지. 자, 어떤 결정을 내릴 것이냐? 비쉬느를 택할 것이냐, 아니면 이 눈땡그리를 택할 것이냐?"

…….

곧 출구다.

이후 빛의 탑까지 강철거인으로 달리면 끝이다.

이 지오님이 압박이란 걸 느끼게 하다니.

관중들의 반응은 너무도 무관심하고 냉담하다.

바퀴벌레 잡는데 책 표지 정도는 더럽혀질 수 있다, 이건가?

모두가 합심해 이 비겁한 인질극을 응원하고 있다.

어떻게 같은 유저를 상대로 이런 짓을 용납할 수 있단 말인가.

모두가 공범이라.

…결정했어…….

비겁한 모두를 응징하기로.

OF TEN DIVINE NAMES

機甲戰記

Massacre

기갑전기 매서커

강철거인 어깨 위로 나를 필두로 골든 보이 등과 비쉬느가 모습을 드러냈다.

모두 하늘 향해 손을 들었다.

얼굴에 억울함과 분함, 허탈함으로 피로감이 역력하다.

다들 그림자들이 피처럼 붉다.

비쉬느까지.

관중들은 물론 VIP석의 셀러브리티들의 얼굴에 안도의 웃음이 그제야 걸렸다.

운영위원의 얼굴에 그러면 그렇지 하는 환한 웃음을 지었다.

한데 아직 한 명이 강철거인 위로 모습을 드러내지 않고 있다.

바로 기계사 지오였다.

운영위원이 눈으로 재촉해 왔다.

그제야 기계사 지오가 자신의 강철거인 어깨 위에 천천히 모습을 드러냈다.

기계사 지오를 중심으로 청백색 아우라가 갑옷의 윤곽을 따라 흐르고 있었다.

용갑에 윤기가, 아니, 색이 들어왔다.

그랬다. 더 이상 불길하며 생기없는 회백색 갑옷이 아니었다.

이것은 동화율을 최고조로 끌어올린 상태에서 나타나는 현상이다.

한데 기계사 지오의 그림자를 보라.

붉은 그림자가 피처럼 번지며 거대하게 자라 지면을 덮어가고 있다.

팽창을 멈추지 않는 그림자의 윤곽은 거대한 괴수의 그것이다.

하나 그 변화를 알아챈 사람들은 극소수였다.

자라난 그림자가 모두의 그림자를 집어삼켰다.

나는 놀란 눈의 비쉬느에게 고개를 끄덕여 보였다.

비쉬느 역시 입술을 살짝 깨물며 고개를 끄덕였다.

얼굴이 엄숙하게 변했다. 하늘 높이 든 두 팔에 환한 빛이 모여들었다.

"빛이여— 어둠이여—"

시선이 비쉬느를 향했다.

"어두운 밤, 길을 가는 나그네의 길을 밝히는 등불이 되어 길을 밝혀주시고, 고단한 몸을 누일 곳을 찾거든 깊은 어둠으로 그의 고단한 몸을 포근하게 감싸주길."

두 팔에 모여든 빛 덩어리를 꿈틀거리는 그림자를 향해 던졌다.

투학—!!!

"거기— 무슨 짓이야—?!"

운연위원이 다급하게 외쳤지만 손끝을 떠난 압축된 빛 덩어리는 꿈틀거리는 그림자에 내리꽂혔다.

구우우우우우웅—

거대한 쇠문을 여는 것 같은 소리가 그림자에서 흘러나왔다.

그제야 모두가 꿈틀거리는 거대한 그림자의 존재를 알아채기 시작했다.

"저게 뭐야?"

"뭐지? 무슨 그림자지?"

"무슨 짓이야?"

곧 의문은 풀렸다.

빛 덩어리를 머금은 거대한 그림자는 심연처럼 어두워졌다.

쿠오오오오오오오옹오오오—!!!

심연처럼 어두워진 그림자 깊은 곳에서 거대한 포효가 지저의 울림처럼 흘러나왔다.

이어 유백색의 거대한 뿔이 붙은 괴수의 머리가 심연을 통과해 모습을 드러냈다. 기계사 지오의 투구와 흡사한 형태의 머리다.

관중들은 한 번도 본 적 없는 그림에 입을 벌리며 이 광경을 지켜보았다.

기다란 목, 우람한 몸체와 흉측한 두 팔과 두 다리, 그리고 여러 갈래로 갈라진 꼬리를 끝으로 심연의 그림자는 드러난 몸체에 빨려들어 가는 식으로 사라졌다.

대신 실재하는 거대한 그림자가 드리워졌다.

그제야 관중들 사이에서 외침이 터져 나왔다.

이럴 수가?!!

기, 기계용이다—

유적지대의 막보야!

헤헤, 그렇다. 그 기계용이다.

갑옷에 봉인된 그 기계용을 풀어놓은 것이다.

기계용의 거대한 눈이 번쩍하며 불을 뿜었다.

소환되었으니 제물을 달라고?

딱히 미인은 원하는 것 같지 않으니.

평소 식성대로…….

나는, 아니, 기계사 지오가 경기장 바닥에 너부러진 강철거인 잔해를 가리켰다.

진수성찬!

기계용은 기계사 지오를 향해 낮게 고개를 조아리더니 꼬리를 요란하게 휘둘러 너부러진 강철거인 잔해를 잡아채 자신의 몸체로 거칠게 당겼다.

처커덩—!

기계용의 몸체와 접촉한 강철거인의 잔해는 너무도 자연스럽게 기계용의 몸에 스며들었다.

그만큼 덩치가 커지는 기계용이었다.

어디서 본 것 같은 광경이지 않은가?

"뭐, 뭐하는 짓거리야? 당장 집어치우라고—"

운영위원이 다급하게 외쳤지만 나는 어깨를 으쓱하는 것으로 대답을 대신했다.

기계용이 고개를 치켜들며 대기 중으로 쿠오오오오— 하는 창공을 관통하는 긴 포효를 터뜨렸다.

그 거대한 고주파 포효에 누구나 할 것 없이 귀를 막아야 했다.

기계용은 비명을 지르는 관중들을 향해 고개를 돌렸다.

가슴과 목이 붙은 부위에서 샛노란 빛이 생겨났다.

그 샛노란 빛은 벌려진 아가리를 통해 관중들을 향해 뿌려졌다.

후하하하하하하하하하악—!!!

샛노란 플라즈마 에너지 줄기가 길쭉하게 뿜어져 나와 관중들의 머리 위로 떨어졌다.

플라즈마 줄기는 비명마저 집어삼켰다.

대신 그 광경을 정면에서 지켜본 반대편 관중석 유저들 입에서 대신 비명이 터져 나왔다.

우아악—!!!

크아악—!!!

학살이다.—!!!

너나할 것 없이 비상구를 찾아 달리기 시작했다.

밀치고, 쌀리고, 넘어지고… 아비규환!

기계용의 가슴이 오렌지빛으로 명멸할 때마다 수백 명의 유저가 한줌 재로 화했다.

대학살!

"너, 너 이 자식—! 어서 중지시키지 못해?! 더 이상 참지 않겠어!"

운영위원이 사납게 외쳤다.

"쯧쯧, 글쎄. 나도 더 이상 참지 못하겠는데."

운영위원의 얼굴이 흉측하게 이그러지며 앞세운 달리를 거칠게 노려보았다.

"팔을 뽑아 버릴 테……."

그는 더 이상 말을 잊지 못했다.

그가 서 있는 지면 아래에서 유백색의 창이 지면을 뚫고 솟

구쳤기에.

파슈―!

그 유백색 창은 운영위원의 사타구니를 뚫고 들어가 정수리 끝을 관통해 정지했다.

그리고 그 자체로 공중에 들어 올렸다.

"…웃, 으으으……."

바로 기계용의 꼬리 줄기 가운데 하나였다.

운영위원의 눈이 부릅떠진 체 진저리를 쳤다.

달리는 조여오던 팔 힘이 갑자기 사리지자 중심을 잡지 못하고 앞으로 쓰러졌다.

나는 얼른 다가가 달리를 안았다.

그리고 절대 뒤를 돌아보지 않도록 팔로 당겨 어깨 위에 고정시켰다.

"으으으……."

"많이 아팠지? 다 끝났어. 눈 감아……."

"흐흑……."

"귀도 닫아."

"……."

끝이 아니었다.

이것은 지옥의 시작이었다.

관중석의 유저들은 달아나느라 엉망진창으로 뒤엉켰고 그 머리 위로 예외없이 화끈한 플라즈마 줄기가 뚝뚝 떨어져 내리며 유저들을 뼈째 녹였다.

팔이 녹고 다리가 녹고 머리가 녹은 유저들이 서로 뒤엉켜 나뒹굴었다.

이런 그림은 VIP석이라도 예외가 없다.

그들은 특별하기에 특대의 플라즈마 증기로 보답했다.

푸후후후후후후— 기계용의 코에서 옅은 오렌지빛 증기가 VIP석을 향해 뿜어졌다.

플라즈마 증기는 VIP들의 피부부터 천천히 익혀 들어갔다.

피부에서 살과 근육, 그리고 뼈 순으로 익히리라.

하나 절대 신경은 건드리지 않는다.

"으아악— 내 손이 녹아 들어가고 있어."

"쿠으으, 살이 문드러지고 있어. 왜 죽지 않는 거야?"

"…죽고 싶어!!!"

흐물흐물.

그랬다. 그들은 자신들의 살과 뼈가 녹아내리는 것을 고스란히 느끼고 지켜보아야 했다.

그 자신들이 가상세계 최고의 복합 인공지능으로 구축되어 있기에 일반 유저들에 비해 강한 복원력이 적용되어 쉬이 죽을 수 없는 신세라.

모골 송연한 비명이 VIP 셀러브리티들 입에서 울려 퍼졌다.

이야기 속의 지옥이 가상에 강림한 것이라.

비명에 달리가 품 안에서 진저리를 쳤다.

"…그들이 부른 재앙이야. 타인의 고통에 눈감은 대가지."

"……."

달리에게 설명하는 것이 아니었다. 나에게 설명하는 것이었다.

비명이 비명을 집어삼키고 굉음이 굉음을 집어삼키는 거대한 고요가 경기장을 지배했다.

재앙은 이어졌다.

기계용은 남아 있는 강철거인 무리를 덮쳤다.

강철거인들은 변변한 저항도 하지 못하고 기계용에게 섭취(?) 당했고, 그렇게 영양을 보충한 기계용은 다시금 플라즈마 줄기를 관중들 사이로 사정없이 뿜어댔다.

곳곳에서 긴급 로그아웃을 외치는 유저들이 속출했지만 이리 치이고 저리 부딪치며 로그아웃 실패가 속출했다.

저항? 있었다.

밀리터리 격수들은 기계용에 접근하기 전에 요동치는 꼬리에 두 동강 나거나 꼬치 신세로 전락했고, 퍼부어지는 원거리 마법 공격은 기계용에게 직격 전에 에너지막에 흡수되었다.

공대나 병단이 조직되어 있었으면 지휘부가 기계용을 타격하기보단 그 원흉인 기계사 지오를 노렸으리라.

하지만 이를 지휘할 지휘부는 애초에 없었고 그나마 있던 운영위원은 이미 데드 당한 상태다.

학살, 대학살……. 10만에 달하는 관중 가운데 무려 절반이 데드 상태에 들었다.

그만큼 기계용의 등에 투명에 가까운 유백색 피막이 자라

났다.

기계용이 그렇게 원하던 날개였다.

소환시간이 다 되어가고 있다.

경기장을 벗어나야 할 때다.

나는 물론이고 골든 보이 등의 그림자와 윤곽은 회색에서 피처럼 붉게 변해 있다. 비쉬느의 그림자도 마찬가지.

헤헤, 화풀이는 끝장나게 했는데 이제부턴 사냥당하는 시간인가?!

지금까지의 그림을 실시간 중계로 보았을 테니 지금쯤 한다 하는 길드를 중심으로 추살대가 조직되는 중이리라.

"…빛의 탑으로 가요."

비쉬느였다.

"예, 예?"

"빛의 탑으로 가요. 우선 탑 내부로 피신하고 나머지는 그 이후 생각해요."

"좋습니다. 모시겠습니다."

"한데 달리님을 언제까지 안고 있을 건가요? 과연 담대하시네요."

"……"

나보다 화들짝 하며 달리가 떨어졌다.

얼굴이 벌겋다.

…귀엽귀…….

그렇다고.

"헤헤, 그럼 빛의 탑으로 갑시다. 궈궈ㅡ!!!"
머쓱함을 털며 앞장섰다.

길이 복잡했다. 험난하리라.
수만이 불의의 데드를 당했다.
도시 전체가 전투태세에 들어가는 살기로 팽팽하다.
건물 위로 특대의 마법진이 조성되고 있는 게 관찰되었다.
수많은 저격에 노출될 게 뻔했다.
"마저 힘 좀 쓰시게ㅡ"
나는 또 하나의 나인 기계사 지오에게 남처럼 턱짓을 보냈
다.
"……."
나의 턱짓에 남처럼 어깨를 으쓱하며 기계사 지오가 나섰
다.
기계사 지오의 부름에 낮게 떠오른 기계용이 반응했다.
기계용의 등엔 에너지 피막이 날개 형태로 자리 잡고 있다.
기계사 지오에 감응한 기계용의 가슴이 푸르스름한 빛을 발
하며 빵빵하게 부풀어 올랐다.
푸학ㅡ!!!
새파란 플라즈마 구슬이 입에서 튀어 나왔다.

쿠과과과과과과과과과과ㅡ!

건물이며 성벽이며 탑이며 플라즈마 구슬이 지나간 자리를
따라 흔적이 지워졌다.
　그렇게 빛의 탑으로 가는 방향으로 직선의 길이 생겨났다.
　이 직선으로 파여진 고랑을 따라 동료들과 나아갔다.
　와우—!
　화끈하다.
　감히 누가 이런 우리를 막을 수 있으랴.
　한데…….

　이 한 줄의 메시지와 함께 거대한 거체가 자유도시 상공에
모습을 드러냈다.

　크오오오오오오오오오오오—!!!

　지저 깊은 곳에서 낯선 울림이 대기 중으로 울려 퍼지는 게
아닌가?!

　또 하나의 기계용이었다.
　울림은 지저에서 울리고 있다. 하나 나타나는 것은 하늘 위!
　외관은 칙칙하고 불길한 검은색이었다.
　도시에 넘쳐 나는 온갖 욕망들이 뭉쳐진 색이 아닐까?!

크기는 기계용을 넘어서게 몸체를 키우는 중이다.

등에서 날개가 자라났다.

날개는 기계용에 감히 비할 수 없는 규모로 활짝 펼쳐졌다.

유저들의 의지가 뭉쳐 투명한 검붉은 에너지막이 되어 자리 잡은 것이었다.

…웅장하다!

자유도시를 관장하는 인공지능이 현신한 것이었다.

그렇게 순식간에 크기는 물론 위용을 갖춘 도시용이 기계용을 덮쳐 왔다.

격돌!!!

우르르르릉—!!!

대기 중에 천둥의 울림이 울렸다.

청백의 기계용과 검붉은 기계용이 뒤엉켰다.

서로의 목을 노리고 아가리가 벌어졌고 몸체를 찍어 사정없이 발톱을 할퀴어댔다.

방패 크기의 청백의 비늘과 문짝 크기의 검붉은 비늘이 우수수 떨어졌다.

기계용의 일방적인 열세였다.

콰광—!!!

도시용이 기계용을 찍어 눌렀다.

버둥거리는 기계용을 도시용이 네 다리로 꼼짝 못하게 제압
했다.

대신 기계용의 아가리가 도시용의 목을 물고 있었다.

하나 굵은 목을 물고 있기가 버거워 보였다.

이대로 질 수 없다!

나는 기계사 지오에 집중했다.

나만이 아니다.

기적의 기운과 은혜의 기운이 기계용에 스며들었다.

그러자 기계용의 무저갱 같은 두 눈에 선명한 푸른빛과 생
기 넘치는 붉은빛이 자리했다.

으가가가각!!!

기계용의 아가리가 도시용 목 깊이 힘차게 파고들었다.

크오오오오―!

도시용은 고통에 겨운 비명을 토하며 고개를 치켜들었고,
압박하던 자세는 절로 풀리며 둘의 자세는 그림처럼 역전되었
다.

…과연!

하나 덩치 차이가 있었다.

펄럭펄럭― 도시용이 날개를 펼치며 목을 가계용에 내준 채

로 날아올랐다.

자유도시 위로 도시용이 불러일으킨 광풍이 덮쳤다.

건물 지붕이 들썩이고 기왓장이 날아다녔다.

기계용은 딸려 올라가고 있었다.

도시 밖으로 끌고가 끝을 낼 심산이라.

어림없다!

나는 좀 더 기계용에 의지를 투사했다.

인공지능 따위에 질 수 없어!

동화율이 고조된 기계사 지오로 강철거인을 내달렸다.

도시용의 꼬리가 지면에 닿아 있다. 막 지면을 박차고 날아오를 순간이었다.

강철거인으로 꼬리를 박차고 도시용의 몸체를 향해 뛰어올랐다.

미친 듯이 질주했다.

인간으로 비유하자면 신체에 딱정벌레가 올라붙은 모습이리라.

미약하지만 필사의 타격을 도시용에 가할 목적으로 몸체 위를 질주했다.

그리고 기어이 목과 가슴이 연결된 부위에 다다랐다.

거검을 검붉은 빛으로 둘러싸, 들썩이는 부위를 향해 밀어넣었다.

스그그극—!!!

이는 이쑤시개를 꽂은 정도의 타격이리라.

도시용은 잠시 꿈틀하더니 기계용과의 기세 싸움에 전념했
다.

감히 무시를?

이거 섭섭하지.

이게 다가 아니거든?!!

박은 검끝에 오러를 불어 넣었다.

"하압—!!!"

기함과 동시에 동화율을 폭주시켰다.

순간 검끝에서 투명한 푸른색이 검붉은 빛을 관통하며 반대
편으로 튀어 나왔다.

몸체를 뚫고 반대편으로 튀어나온 푸른빛의 기둥이 선명하
다.

…….

도시용의 비명은 없다.

대신 커다란 동공이 완벽한 붉은 원이 되었다.

나는 도시용의 몸체에서 기계용의 몸체로 옮겨갔다.

등에 길게 붙어 있는 고리 갈기를 붙잡고 기계용에게 마지
막 명령을 내렸다.

와작작!!!

기계용의 아가리가 서로 맞물렸다.

도시용의 머리가 너덜거리며 길게 축 늘어졌다.

비상을 재촉하던 날개 역시 기운없이 늘어졌다.

대신 기계용의 앙증맞은 날개를 따라 위용 넘치는 에너지막

이 자라났다.

그렇게 오히려 기계용이 자신의 덩치의 세 배에 달하는 도시용을 물고 비상했다.

이어 자신의 승리를 만방에 알리려는 퍼포먼스를 자유도시 상공에서 펼쳐 보였다.

쩌저저적―!!!

분리의 굉음이 대기를 흔들었다.

도시용의 날개가 뜯겨져 도시 위로 떨어져 내렸다.

건물이며 거리며 가릴 것 없이 부서졌다.

이어 두 팔이 분리의 굉음에 이어 떨어져 내렸다.

도심 곳곳에서 유저들의 비명과 한숨이 올라왔다.

나의 기계용은 수많은 공대를 상대한 역전의 용사!

말 그대로 야성의 화신!

그리고 나에게 담금질 되었다.

그렇다. 덩치만 큰 도시용의 관록에 비할 바가 아니다.

기계용이 창공을 향해 승리의 포효를 토했다.

우오오오오오오오오오오오―!!!

가슴 시원한 울림이라.

마지막으로 기계용은 도시용의 가슴을 네 다리로 찍어 벌렸다.

도시용의 벌어진 가슴속으로 기계용은 아가리를 들이밀었

다. 알을 노리고 스며드는 구렁이 같이.

이어 검붉은 빛으로 둘러싸인 둥근 에너지 덩어리를 통째로 집어삼켰다.

순간 청백의 기계용의 몸체에 붉은 기운이 스며들었다.

기계용의 날개를 이루는 에너지 장막이 도시를 덮을 기세로 자라났다.

그렇게 자유도시 인공지능의 화신은 기계용의 재물로 전락했다.

이어 기계사 지오를 목에 태우고 도시 상공에 정지한 채로 오연하게 아래를 내려다보았다.

이것은 당당한 심판자의 눈!

기계용의 아가리에 푸른 에너지가 응집되어 뭉쳐졌다.

푸른 에너지체가 아가리에서 분리되어 자유도시를 향해 날아왔다.

파핫—!!!

불꽃놀이처럼 사방으로 분리되어 흩어졌다.

자유도시 전체를 덮칠 규모!

꽈광!!!

우아악—!!!

자유도시는 불타올랐다.

유저들이 토하는 아비규환의 외침이 경기장의 참사를 넘어섰다.

이렇게 기계용은, 아니, 나는 도시용에게 의지를 전달한 유저들에게 보복을 했다.

*　　　*　　　*

나는 빛의 탑 내부로 들어서기 전 불타오르는 자유도시를 돌아보았다.

수많은 유저들의 피와 땀이, 시간과 공 든 추억들이 한줌 재로 화하고 있었다.

이 지오님을 넘본 대가치곤 싼 편이지, 암.

가만, E&T의 투정이 올라올 때가 되었는데…….

아니나 다를까.

당신은 공공의 적!

'더 이상의 난동을 묵고할 수 없어—!'

당신과 당신의 동료들은 자유도시와 자유도시의 인공지능을 상대로 돌이킬 수 없는 도발을 감행했습니다.

누구도 돌이킬 수 없는 재앙을 자유도시에 뿌렸습니다.

이에 당신과 당신의 동료들을 한국 E&T의 '공공의 적'으로 지목합니다.

당신과 당신의 동료, 당신의 기반을 E&T상에서 지울 때까지 위 선언

홍ㅡ 양반 되기는 글렀다니까.

아무튼 상처받은 자유도시, 아니, E&T가 보복을 결행했다.

메시지창에 핏물이 뚝뚝 떨어졌다.

빨갱이 캐릭 특유의 효과라.

여하튼 바미안과 바미안의 영지민까지 E&T의 공공의 적으로 지목당하고 만 셈이라.

호오…….

겁이 나려나?!

겁이 나야 했다.

그래, 겁이 나야만 하는데… 나려다 말았다.

하도 미움을 받아 놓아선지 강한 면역력이 발동한 결과겠지.

오히려,

풋ㅡ!

할 테면 하던지 라는 오기가 발동했다.

하늘 향해 '빅 뻑큐ㅡ!' 를 날렸다.

꾸릉ㅡ

Quest

개전 선포!

반성하지 않는 당신에게 E&T는 '유저의 의지에 반하는 자들의 왕'
으로 선포합니다.

바미안의 유력한 7인 캐릭을 '일곱 반왕'으로 지목합니다.

바미안을 대상으로 하는 토벌전을 선포합니다.

전쟁 이벤트, '반왕 전쟁'을 개시합니다.

유저 여러분—!

일곱 반왕(反王)을 말살해 유저의 의지를 세우십시오.

> …반왕의 추종자들을 처단하라—!

> …반왕의 경제적 기반을 내려 앉혀라—!!

> ……．

수많은 선동 이벤트와 문구가 폭포 줄기처럼 내려왔다.

그렇게 나와 7인의 지오는 유저사회에 먹이로 던져졌다.

…흠, 반왕이라?

내가 가상게임의 전통 소재가 되다니?!

이거 영광이잖아.

체내 통신으로 졸지에 빨갱이로 전락한 여친들의 비명이 쇄도했지만 기분이 이보다 좋을 수 없다.

유저들을 마음 놓고 죽일 수 있다!

이보다 완벽한 자유가 있을 수 있단 말이랴.

유저들의 비명은 반왕을 위한 찬가.

유저들의 비탄은 반왕을 위한 찬사라.

유저들의 한숨은 반왕의 미소.

유저들의 울음은 반왕의 광소이라.

"하하하하핫ㅡ!!!"

하늘 향해 시원하게 광소를 터뜨렸다.

유저들의 공포로 군림하리ㅡ!!!

War 00
영혼 없는 직업

機甲戰記
Massacre
기갑전기 매서커

존 도가 엘리베이터 밖에서 목례를 하며 말했다.

"지오님, 방패가 필요하면 우리 블랙 포레스트를 찾아주십시오."

"…글쎄요."

존 도의 눈빛에 많은 이야기가 숨겨져 있음을 지오가 모를 리 없다.

그와 1년간 얼마나 많은 신경전을 치렀던가.

그 결과 단 한 명의 한국 청년도 블랙 포레스트의 작전에 투입되지 않았다.

그리고 지금 블랙 포레스트 소속 한국 청년들을 전부 해고토록 만들었다.

그래서인지 건물을 나서는 지오에게 수많은 감회가 스쳐 지나갔다.

"…자, 실업자들을 상대로 어떤 위로를 해주어야 할까?"

혼잣말을 하며 지오는 쓴웃음을 지었다.

자신이 혹독하게 트레이닝시킨 훈련병들은 필요 이상으로 에이스가 된 상태였기에.

전 세계 어떤 슈팅 아머 전대를 상대로 꿀리지 않는 전력으로 성장했다.

그렇게 정이 든 블랙 포레스트 훈련병들과 이별의 자리를 가져야겠다는 생각을 하는데… 몸 전체가 위기를 알려왔다.

…이건?

살기였다.

지오는 블랙 포레스트 빌딩을 나서자마자 등 뒤에 붙은 눈이 느껴졌다.

예상은 했지만… 너무 많다.

배웅하는 존 도의 의미심장한 눈빛이 많은 것을 시사했음을 상기했다.

그랬다, 지오를 원하는 모든 곳에 정보를 팔았음을.

미안해하는 기색을 찾을 길 없다. 한국에서의 야심찬 계획을 뭉갠 장본인이 지오이기에.

유치한 보복 행위라기보단 이중 삼중으로 옥죄어 다시 한 번 지오의 거래 대상이 되려 함이라.

콘웰 이사와 달리 존 도는 한국 훈련병들을 포기할 수 없으리라.

그들의 빼어난 능력을 알기에.

여하튼 지오는 단말기로 전해지는 거리 분석 정보에 혀를 찼다.

대놓고 따라 붙은 당당한 미행자, 모자를 폭 눌러쓴 어설픈 미행자, 길 건너 차량에서 카메라 렌즈로 당겨보는 원거리 미행자에 이들 미행자에 따라 붙은 의미 불명의 감시자까지…….

어떻게 아냐고?

지오를 서포트하는 요원(?)이 수상한 움직임을 체크한 결과다.

요원은 '일단' 이 이끄는 해킹 그룹이었다.

그 가상의 일단이 현실의 능력으로 지오를 서포트하고 있었으니 거리에 설치된 사설 감시카메라를 해킹해 지오를 둘러싼 그림을 실시간으로 분석해 그 결과를 알려주고 있었다.

그렇게 일단은 현실에서도 능력자에 속했다.

아무튼 미행자들은 지오가 블랙 포레스트를 방문하는 순간을 고대하며 대기하고 있었음이라.

몇 날, 며칠을 뻗치기 한 보람을 놓치지 않겠다는 의지가 전해졌다.

슬픈 매의 눈 콘웰 이사의 경고는 현실이었다.

"…이거 참."

지오는 자신이 마치 '거리의 거물' 이 된 것 같은 우쭐한 고양감을 누릴 수 없었다.

몇몇 미행자의 음습한 눈빛에서 노골적인 살기가 전해져서다.

위험하다!

아마와 프로가 섞인 미행자들을 따돌리고 곰들 등이 있는 아지트로 돌아갈 길이 막막했다.

함부로 아지트로 갈 수 없다!

자신이 감시카메라를 이용하듯이 이들도 마차가지로 자신의 동선을 역추적할 것이기에.

이 위험들을 전부 달고 갈 수 없잖은가.

지오는 바람막이 점퍼 안에 채워진 권총 홀더를 살짝 풀었다.

든든한 감촉이 손끝을 타고 올라왔다.

거리에서 대놓고 총질할 바보는 없다.

하나 세상이 험악해져 대한민국 거리에서 칼질은 물론 총질까지 가능한 사회가 된 지는 오래되었다.

21세기 총기의 진화(?)가 부른 결과로 신소재 합성수지로 만든 바디에 화약 대신 화공약품을 발사체로 사용하는 총알까지, 충분히 생명을 위협할 정도로 광범위하게 한국 사회에 퍼져 있었다.

구시대의 총기에 비해 관통력이 약한 대신 방탄조끼가 소용없는 묵직한 물리적인 충격을 가한다. 이런 총에 맞으면 차량에 치인 개처럼 훨훨 날아 패대기쳐진다.

참고로 이 합성수지로 만든 총보다 총알 값이 더 비싼 경우가 허다하다.

이런 사재 총기로 무장한 '히트맨'이라는 청부업자들이 버젓이 돌아다니고 있기도.

사설 무장 경호원들이 입구에서 지키는 담 쳐진 부유층 전용 거주 지역만이 사제 총기 위협에서 그나마 안전한 지역이다.

일면 대한민국이 무법천지가 된 것처럼 보이지만 다른 나라에 비하면 양호한 편이다. 한 예로 미국에서 발생한 인종 폭동에 경찰에서 슈팅 아머를 동원해야 했다. 그 결과는 대학살…….

여하튼 지오에게 콘웰 이사가 몸 간수 잘하라며 선물한 총기를 소지한 것이 현 대한민국 사회에서 그리 유니크한 아이템이 아니라는 말이다.

지오로선 달라붙은 이 불편한 꼬리들을 어떻게든 떨쳐 내야 함인데.

당당하게 따라 붙은 미행자 중 한 명이 지오와 눈을 마주치자 히쭉 겸연쩍은 미소를 지었다.

안면이 있는 자다.

모 국가기관 소속 '거리의 공무원'이었다.

지오가 살짝 목례를 하자 그는 턱짓을 보냈다.

…초대였다.

바라는 바다.

'별수 있나, 납세자의 권리로 국가 기관을 이용하는 수밖에. 후후.'

지오는 속으로 중얼거렸다.

근본적으로 그곳은 무수한 감시의 눈을 달고 갈 만한 장소라는 것이었다.

*   *   *

종이 문서들이 어지럽게 쌓여 있는 어두운 사무실이었다.

지오의 갑작스러운 방문에 평범한 얼굴의 검은 뿔테 여성이 검은 가죽의자에서 벌떡 일어났다.

"이거 반갑구만. 초대에 바로 응해줄지 예상 못했는데……. 거물이 되었던데?"

"거물이라?! 가상계의 거물이겠죠. 현실에서 대한민국 갑(甲) 중 슈퍼 갑에 대한 예의는 지켜줘야 함에는 변함없죠."

나름 검소한 공권력의 냄새가 스물스물 풍겨 나온다 할까.

지오로선 수년이 지나도 달라지지 않은 사무실 풍경에 피식 웃음이 나왔다.

일은 없어도 자리를 지키고 있는 것이 정보를 다루는 공복다운 자세라 생각하는 **그**다운 근무 시간이었다.

지오의 기억엔 그녀는 **그**로 통하길 원했다. 스파이로서.

그는 기억하기 어려운 너무도 평범한 외모를 유지하고 있는 30대 여성이다. 지오와 수년 전 첫 면담 이후 별로 달라지지 않은 특유의 화장기 없는 외모를 유지하고 있다.

냉정을 찾자마자 상대의 약점을 찾아 좌우로 빠르게 움직이는 눈빛도 여전하다.

지오는 오지 난민촌에서 존 도가 제공한 특별기로 돌아왔지만 바로 집으로 갈 수 없었다. 근거없이 한 달 반 동안을 **그**에게 붙잡혀 있었다.

평범한 외모와 달리 집요한 자다.

그는 지오에게 기관, 즉 **그**와 관련된 기억을 봉인하기를 원했고 원하는 바를 얻었다.

당시 지오로선 모든 것을 부인당했기에 대한민국을 떠나려고까지 했다.

하나 이제 지오는 **그**를 이해한다.

…국민의 공복을 자처하는 탁상 스파이이자 세금 도둑으로!

다 알고 왔다는 지오의 당당한 눈빛에 지오가 **그**로 규정한 탁상 스파이의 눈이 크게 흔들렸다. 찔리긴 찔리나 보다.

그랬다. 이제 상황이 변했음이다.

그는 지금 지오가 절실히 필요한 상태였다.

"변변히 대접할 게 없어 미안허이."

특유의 친근히 들리는 영감식 어투도 그대로다.

"어차피 올 것, 지나가는 김에 들렀으니 신경 쓰지 마십시오."

"……."

그이 살짝 안경을 비스듬히 세우며 고압적으로 노려보았다.

초대는 받았지만 한밤에 불쑥 들릴 만한 장소는 아니다.

국가지리 정보소로 알려진 건물 내부에 아는 사람이 드문 국가정보원 특별 분소이기에.

세계 지리 정보와 이에 따른 전략 자원 정보가 모이고 분석되는 곳이라는 명목을 달고 있다. 더불어 수많은 첩보 위성과 연동되어 있기도.

지오는 그의 눈빛을 덤덤하게 받아들였다.

"그, 그런가? 아무튼 정정해 보여 보기 좋구만. 블랙 포레스트에서의 활약도 들었네. 완벽하게 물 먹였더군."

활약이라…….

"바로 말해주셔서 감사하군요. 한데 제 뒤에 갑자기 붙은 꼬리는 뭡니까? 이제 좀 떼어주실 때가 됐지 않습니까? 언제까지 이럴 겁니까?"

"……."

그는 살짝 난감한 표정을 지었다.

미행자 파티 중 그 한 파트를 붙인 원흉답게 미안한 기미는 이내 없어졌다.

갑 중 갑이라 이거군.

지오는 광산기지에서 돌아오고부터 그가 관리하는 요주의 인물로 찍혀 정기적으로 감시받는 대상이 되었다.

하나 작업장에 죽치고부터는 감시의 눈은 사라졌다.

지오의 생체 정보가 가상에 접속해 있음을 확인하는 것만으로 된 것이었다.

한데 지오가 존 도와 접촉해 데드 캠프 교관직을 받아들인 이후 수시로 동향을 감시하기 시작했다.

이유는 모른다.

아니면 과거 지오에게 했던 행적이 찔려서일 수도 있고.

"허허, 떨어내고 싶으면 협조하는 게 어떤가?"

야비한 웃음이 그의 입가에 걸려 있다. 다 안다는 눈으로.

"이익!"

그의 변함없는 태도가 지오의 신경을 건드렸다.

대화로 가장한 지긋지긋한 강요의 쳇바퀴를 돌리려 함이라.

자, 그런데 지오와 그라는 국가 공인 스파이가 무슨 관계냐고?

"이제야말로 희귀토 광산에서 벌어진 일을 밝히는 게 어떤가? 그리고 내 제안은 지금도 유효하네. 자네의 경력은 내가 보증하지. 공무원, 아니, 스파이가 되고 싶어했잖은가? 우리 국가정보원은 자네에게 열려 있어. 후후, 언제까지 가상을 헤매는 잉여로 살 텐가? 가족들이 그런 생활을 마냥 지켜만 보고 있을지… 쯧쯧."

그는 몇 가지 아픈 단어를 나열해 지오의 반응을 살폈다.

"…뭐, 이런……."

기가 막혔다.

지오는 두 번의 존재 부인을 겪었다. 아니, 강요당했었다.

블랙 포레스트의 존 도를 통해서 한 번, 그리고 눈앞의 국정 원의 **그**를 통해.

존 도가 마련한 특별기로 오산 미공군기지에 도착하자 한국 정보기관에 지오의 신병이 인계되었다.

지오는 **그**를 찾았다.

하나 **그**를 통해 철저히 부인당했었다. 도리어 정신병자로 몰 기세로 압박당했다.

한데 사정이 돌변해 정반대의 이야기를 **그**는 요구해 오고 있는 중이다.

지오는 끓어오르는 분노를 가라앉히며 숨을 길게 내쉬었다.

"과장님이 말하신 대로 그곳에 제 의지로 갔고, 죽다 살아 왔고, 그게 다라고 서약해 드렸잖습니까? 그 서약을 번복하라 는 건데……."

"어허— 선수가 찾아와서 왜 이러나? 이 시간에?!"

그가 피식 웃었다.

거래할 것부터 내놓으라 이거다.

책상 스파이도 스파이였다.

지오는 씨익 마주 웃었다.

암, 폭탄을 넘기러 왔지.

"좋습니다. 그럼 어떤 소설을 써드릴까요? 이 참에 소설 쓰 고 밀린 나라 밥 먹어봅시다."

"훗, 좋아. 바라는 바지. 자, 내 소설은 이렇네."

"……."

"국가관이 투철해 스파이가 꿈인 청년을 본 국가정보원이 발탁해 미군에서 슈팅 아머 파일럿으로 교육받도록 했다."

"……."

사실이다. 변변한 배경 없는 지오가 카츄샤가 될 수 있었던 배경이었다.

지오는 그렇게 기관의 **그**에게 발탁되었다.

"물론 그 목적은 거대자본이 개입한 희귀토 광산에서의 단순 현장 정보 수집이지만 돌변 사태가 발생해 조국은 특수 임무를 부여할 수밖에 없었다."

"……."

지오는 희미하게 웃지만 살이 떨려 왔다.

당시 시간이 주마등처럼 스쳐 지나갔다.

지오는 입대 전 국정원에 발탁되었지만 스파이로서 교육을 전혀 받지 않았다. 그저 미군을 통해 첨단 슈팅 아머 훈련만 받는 게 임무의 전부였다.

단순 기능인에 가까워 미군 중 어느 누구도 지오의 배경을 의심하지 않았다.

그는 군복무 중인 지오에게 일체의 접촉을 하지 않았다.

둘러 전해지는 애국적인 임무도 없었다. 마치 지오라는 존재를 잊어버린 것처럼.

한데 제대를 앞둔 시점이었다.

당연히 스파이 냄새가 나지 않았기에 블랙 포레스트 용병이 되라는 제안이 미군 교관을 통해 들어왔다.

자신과 함께 가자는 나름 의리의 요청이었다.

당시 지오는 이 제안을 단박에 거부했다. 어떻게… 용병이라니?!!

한데 이 평범한 외모의 스파이가 제대를 앞둔 한날 기다렸다는 듯이 나타났다. 국가 공무원으로의 특채를 제안하는 떡밥을 재차 던졌다.

스파이로 첫 임무라며!

이후 지오의 고민은 길지 않았다.

제대를 해보았자 불규칙적인 알바직을 전전할 테고, 그 알바거리마저 없으면 집안의 짐이 되는 상황이었으니까.

까짓것 몇 달 군복무 더 한다는 심정으로 제안을 받아들이고 말았다.

그만큼 **그**가 내놓은 미끼는 훌륭했다.

제대와 동시에 국가 정보원 공무원 특채라는 선물을 안고 집으로 돌아갈 날만 기대하는 청년을 생각해 보라.

그렇다. 대한민국 백수 청년이라면 거부할 수 없는 조건이 아니던가.

그 안이한 선택으로 지오가 겪어야 했던 2년에 가까운 시간은 지옥으로 이어졌다.

지오의 귓가에 동료들의 절규가, 그리고 코끝을 태우는 화약 냄새가 밀려왔다. 눈가엔 산산이 찢어지는 육체의 파편과 피안개가 자욱하게 피어올랐다. 너무도 선명하게.

숨이 거칠어져 왔다. 절로 주먹이 쥐어졌다.

"그 특수 임무는……."

"……."

그의 터무니없는 소설이 이어졌다.

저 주절거림에 구토가 치밀어 올라 지오는 버럭 소리를 지르고 싶었다. 그리고 있는 힘껏 그의 면상에 주먹을 날리고 싶었다.

하나 숨을 고르며 모든 충동을 억눌렀다.

지오의 등 뒤로 요원들이 우르르 쏟아져 들어와 덮칠 것이기에.

소설은 가관이었다.

그가 부여한 임무를 지오라는 유능한 현장 요원이 120% 수행했다는 식으로 흐르고 있었다.

파견 후 단 한 번도 받아본 적 없는 임무가 주르륵 나열되었다.

97%가 희귀토 광산의 채산성을 담보하는 내용들이었다.

하나 진정 그가 원하는 것은 3% 행간에 숨은 자체 경비 인력의 중요성에 관한 것이었다.

지오는 깨달았다.

그의 새로운 집요함의 목적이 무엇인지.

몇몇 관료들이 문제의 희귀토 광산 투자에 미련을 버리지 못하고 있음이 아니었다.

황금을 낳은 물건이기에 분쟁의 중심에 설 수밖에 없었고, 여전히 투자할 가치가 있음을 말해주길 원함도 아니다.

증언의 핵심은 한국이 주도하는 대규모 사설 경비대의 창설
이었다.

기존 미국과 러시아가 주도하는 사설 경비업체의 부도덕성
을 부각하며 한국 자체 용병부대의 창설을 목표로 하고 있음
이라.

…그림이 크다.

그의 뒤엔 국가권력의 그림자와 그 그림자에 숨은 자본의
입김이 느껴졌다.

21세기 마지막 남은 사업 영역!

그렇다. 현 시대는 자원 전쟁이 격화된 시대다.

언론에서 연신 강대국과의 자원 전쟁에서 밀리고 있는 대한
민국 처지를 과장되게 보도하고 있다.

결국 대한민국 재벌이 지구상 마지막 남은 사업 영역이라는
'전쟁 사업'에 진출하려 함이었다.

스포츠화된 전쟁… 세금을 증발시킬 절호의 이벤트 아닌가.

정보 관료, 군 관료, 경제 관료, 재벌의 이해가 잘 버무려져
있음이라.

그를 둘러싼 무수한 힘센 이해 관계자들의 그림자가 어른거
렸다.

그렇게 연결성 프로젝트가 진행 중임을 노골적으로 드러내
고 있었다.

아니나 다를까, **그**의 입을 통해 거대 자원 개발 이권을 방어
하기 위해 국가가 지원하고 재벌이 운영하는 자체 경비 용역

회사의 필요성에 대한 역설이 이어졌다. 블랙 포레스트가 목표였다.

지오로 하여금 이 꿈빛 청사진에 증인이 되어 정부 측 실행 실무자로서 나서 달라는 것이 요구의 요지였다.

존 도나 **그**나 지오에게 원하는 것은 같았다.

인간 지오가 아닌 병기로서의 지오가 필요함이라.

"…국익을 위해 반드시 필요하네."

…별 관심 없다…….

대한민국의 국익이 어디 있고 국격이 있었던가.

국민들을 호도할 때, 주술처럼 등장하던 단어들이 아니던가.

국익, 국격… 배운 건달들의 단어라.

지오의 무반응에도 불구하고 **그**의 목소리엔 열기가 실려 있다.

"…그렇네, 대한민국은 지금 위기에 처해 있네. 자네가 지금 장난처럼 몸담고 있는 블랙 포레스트 같은 다국적 경비회사를 대한민국이 직접 만드는 프로젝트를 민, 관, 기업이 합심해서 진행 중이네."

"……!"

기어이 전쟁을 유망산업으로 여김이라.

"이미 외국 용병들로 선발 용병대를 발족한 상태라네— 싼 맛에 러시아 애들로 꾸려졌는데 통제에 어려움을 겪고 있다는군. 게다 배경이 의심스러운 자들이 대부분이라 믿을 수도 없고.”

“그러니까, 용병을 하는 것이겠죠.”

세계 용병시장이 있는 곳은 북미 멕시코 바하와 아시아에
선 싱가폴, 그리고 러시아의 바이칼 지역 등이다. 그곳에는
인력에서 장비까지 마련할 수 있는 거대한 장터가 마련되어
있다.

참고로 바마에선 마약 산업에 관련된 용병들이, 싱가폴에선
해적 소탕과 선박 보호를 위한 용병들이 위주라면, 바이칼은
오로지 전쟁을 위한 용병들로 이루어져 있다.

여하튼 **그**를 통해 많은 배경 설명이 흘러나왔다.

모 국가에서 모 한국 재벌이 침해받은 이익을 국익으로 규
정하고 이를 무력으로 뒤집으려하는 시도가 지금 진행 중이었
다.

그 팀 중 하나가 블랙 포레스트 한국지사인데 본의 아니게
지오가 분지른 상황이 되고 말았다.

그 공백을 부랴부랴 서둘러 러시아애들로 채운 상태고.

여하튼 그런 이유로 전쟁 산업에 발을 디딘 이상, 최고가 되
어야겠다는 포부를 감추지 않았다.

“1차 선발은 그들로 하고 2차부턴 한국인이 주류인 부대
를 구성하기로 결정했네. 엄연히 무장단체인 만큼 정부의 지
도와 감시가 필수겠지. 5년차 경력 특채를 제안하네. 어떤
가?”

“……”

결국 전쟁 중독자를 원함이다.

지오는 자신의 삶에 주홍글씨가 선명하게 새겨졌음을 깨달았다.

아무리 포장해도 한 번 용병은 영원한 용병이라는 것이었다.

가상으로의 탈출구는 처음부터 없었음이다. 그저 지오 자신만의 최면이었다.

그렇게 분노 대신 자괴감이 지오를 지배했다.

그의 어투가 은근한 설득조로 바뀌었다.

"자네를 필요하기까지 블랙 포레스트 훈련생들의 증언이 한몫했어."

"……?"

"그걸 뭐라고 해야 하나? 그래, 자네를 무슨 전신(戰神)처럼 추앙하고 있더군."

"이미 접촉했군요?"

"흠흠, 나름 조건이 까다롭더군. 너나할 것 없이 자네를 의식해."

"그럴 겁니다. 한 번 잘못된 선택을 하면 어떤 결과가 따라오는지 몸소 설명했으니까요."

"솔직히 놀랐네. 그 정도 추앙이면 거의 자네의 사병집단이라는 느낌이 들 정도던데."

"제 훈련 방식이 가혹한 편이죠."

"그럼에도 도태되어 블랙 포레스트를 떠난 훈련생이 없다는 게 신기한 것이지.”

“…….”

다 그만한 이유가 있다.

현실에선 가혹하지만 가상에서 그 가혹함을 상쇄할 정도로 부드럽게(?) 돌본 결과다.

그렇다. 지오는 훈련생들을 감각 개발이라는 명목으로 E&T로 끌어들인 상태다.

경기장 폭거(暴擧)로 바미안이 E&T 공적으로 선포된 다음부터 이들에게 영지의 방어와 경비를 맡겼다.

생존 훈련이라는 명목으로!

같이 현실과 가상을 넘나들며 나름 정이 두터워질 대로 두터워진 상황이다.

이들과 함께 만든 바미안의 강철병단은 E&T 최강으로 자타가 인정하고 있다.

훈련생들은 놀이가 전투, 전투가 놀이인 상태가 되었다.

“그래서 말인데, 혹시 하는 마음에 확인할고 싶은 게 있는데…….”

“…….”

“그러니까, 자네가 스스로 용병대를 조직할 생각을 가지고 있는 게 아닌가 하는 우려가 생기더군. 뭐, 기우겠지만.”

“…예, 그 기우 맞습니다.”

이미 사병처럼 부리고 있다.

역시 예리했다. 전혀 다른 헛다리를 짚은 거지만.

훈련생들은 가상에서 지오의 친위대가 된 상황이었다.

"그렇지?! 그럼 그렇게 알겠네. 좋아, 자네를 따르는 훈련생들 가운데 교관급으로 몇을 포섭해 주게."

"……"

그답지 않은 부탁 아닌 부탁이었다.

이미 그는 몇몇 훈련생들을 포섭하려 하다 실패한 것이었다.

그랬다. 그가 전혀 예상치 못한 벽이 있었으니, 바로 눈앞의 지오였다.

훈련생들의 용병에 대한 환상을 차근차근 부순 장본인!

지오라는 벽이 가진 의미를 애써 인정하지 않다 이제야 마지못해 인정하고 있음이다.

더불어 주목받다 한직으로 밀려난 탁상 스파이는 자칭 이 분야 전문가로서 중앙 관료계로의 화려한 진입 기회로 여김이고.

지오는 그간 존 도를 통해 많은 이야기를 들을 수 있었다.

전 세계 탁상에서 이루어지는 영혼 없는 인간들의 세금 낭비 각축에 대해서.

누가 그랬던가, 공무원에게 영혼이 없다고.

그 말의 의미가 지금처럼 다가오는 경우는 없음이라.

용병으로 참가한 생명과 그 용병으로 인해 허무하게 사라질 삶에 대한 일고의 동정은 그 어디에도 찾을 길 없었다.

그저 국가 자원을 소각할 절호의 장소를 찾았음에 환호할 따름이라.

지오의 가라앉은 차가운 시선과 **그**의 영혼이 결여된 무미건조한 시선이 교차했다.

…….

OF TEN DIVINE NAMES
War 01
안가

機甲戰記

Massacre

기갑전기 매서커

"다시 한 번 강조하지만 국익이 걸린 일이야. 나에 대한 개인적인 감정보단 대의를 생각하길 바라네."

"대의라… 대의 좋죠. 그때도 대의를 이야기하셨죠?"

"그, 그건……."

"예, 다 지난일이죠. 이해합니다. 그래요, 직업의 특성으로 이해하겠습니다."

"그, 그런가?!"

물론 말로만.

지오는 **그**에게 끼얹으려 들었던 물잔으로 입술을 축이고 천천히 내려놓았다.

오늘 오기를 잘했다.

긴장된 이야기는 잠시 주변부로 흘렀고, 자연 지오가 참전한 희귀토 광산으로 넘어갔다.

지오는 **그**를 통해 알고 싶은 게 있다.

왜 자신을 그렇게 방치했는지에 대해!

지오의 관심이 희귀토 광산 사건으로 옮겨가자 **그**가 옳다구나 하며 소설을 늘어놓았다.

그의 소설은 변명으로 일관했다. 자신이 찾는 답이 없다.

하나 지오는 분노를 누르며 **그**의 소설에 약간 관심을 기울여 주었다.

"당시 그 광산이 경제성은 있어 보이더군요. 저를 파견한 목적인 나라에서 거액을 들여 매입할지에 대해선 의문이었습니다. 게다 사설 군대까지 파견해 지킬 정도는 아니었습니다. 한데 다들 돈을 증발시키는 데 혈안이 된 것처럼 굴더군요."

그가 발끈했다.

"이봐, 그런 광산을 놓고 1년 넘도록 국지전에 버금가는 전투를 벌였겠나? 위성 포격까지 하는?"

"자본간의 어이없는 기세 싸움이었습니다."

"그, 글쎄. 우리는 납득할 수 없어. 그만한 가치가 있다는 게 당시 우리 판단이야."

눈빛이 확신으로 번뜩였다.

한데 우리라? 어떤 우리를 말하고 있음인지.

지오는 그 우리라는 단어에 의문에 대한 답이 있을 것 같은 예감이 들었다.

"아무튼 당시 제가 방치된 이유를 알려주시면 저 역시 원하는 답을 드릴 수 있다는 생각이 문득 드는군요."

"……."

지오가 패를 던졌다.

한데 나름 달변인 **그**의 반응이 살짝 굳어졌다.

"이제 같은 배를 타려는 사람에게 지나간 일에 대한 전말 정도는 알려주는 게 예의라고 생각합니다."

살짝 웃으며 지오가 말했다. '배' 라는 단어에 힘을 주며.

"조, 좋아. 알려주지."

"……."

"광산 소유 지분을 놓고 다툼이 있었네. 자네가 파견될 당시는 미국계 자본과 일본계 자본이 주고 한국은 약간의 체면을 세우는 정도의 지분을 가진 상태였지."

"맞습니다. 그리고 광산 소유국에 정변이 있었다고 들었습니다. 그후 중국계 자본과 러시아계 자본이 광산의 소유권을 주장하고 나섰습니다."

"맞네. 하나 중국계 자본과 러시아계 자본에… 우리 한국 자본도 참여했네. 깊이."

"……!"

"…정변에서부터 광산 전투에 막대한 전비를 부담한 것은 러시아도 중국도 아닌 바로 한국의 모 재벌이네. 재벌 연합이라 해야겠지."

"……."

자신이 방치된 이유였다.

바로 한국 재벌이 돈을 댄 전쟁이었다.

지오는 의자에 등을 누이며 눈을 감았다.

무거운 침묵이 실내에 가라앉았다.

침묵을 푼 것은 지오였다.

피식 하는 헛웃음을 터뜨렸다. 바로 한국 재벌을 상대로 자신이 싸운 셈이기에.

한데 이제 그 재벌을 위해 사설 경비업체의 일익을 담당하라는 것이다.

"당시 한국 기업이 입은 손해는 막대하다네. 가히 천문학적이지."

"그리고 그 이유를 자체 사설 경비업체의 부재에서 찾았고요?"

"…그런 셈이지."

왠지 모든 원인이 지오 그 자신에게로 쏠리는 느낌이다.

한국 재벌이 돈을 댄 전투에서 자신이 고이 죽어줬으면 한국 재벌이 사설 경비업체의 창설이라는 프로젝트를 가동했을까?

모를 일이다.

지오는 찝찝함을 털며 **그**에게 말했다.

"한데 지금은 그 재벌이 저를 필요로 하는군요."

"무슨 소리?! 명백히 국가의 부름이네."

“그렇게 들리지 않는군요.”

“그럼 지금부터 보장하지. 자네는 국가를 위해 수년간 현장에 투입되어 임무를 수행했어. 게다 블랙 포레스트 교관을 맡을 정도로 인정을 받는 현장요원이야. 전 세계 정보계에서 주목하는 유명인이라니까.”

“…….”

그랬나? 그럴지도…….

광산기지 전투에 대한 이야기가 각국 정보기관에 지금에야 흘러 들어가고 있으니.

움직이는 전략병기!

블랙 포레스트의 은근한 홍보가 그렇게 퍼져 있었다.

존 도를 통해 그 이야기를 듣고 웃어야 될지 울어야 될지 갈피를 잡지 못했었다.

여하튼 지오는 거래가 늘 열려 있는 인간만이 지을 수 있는 널널한 웃음을 지어 보였다.

“월급 받은 기억이 없는데 저보고 유능한 현장요원이라…….”

“어허— 그 기간 동안 받지 못한 급료에 대해선 이후 자네 행동에 따라 달라지겠지.”

역시 프로젝트가 급박하게 진행되고 있구나. 예전과 달리 이야기가 관대하다.

국가는 지오를 스파이로 발탁한 적도, 용병으로 위장 파견한 적도 없다!

이는 지오가 한국에 돌아와 **그**를 통해 받은 가혹한 압박이었다.

그저 **그**가 뿌린 무수한 씨앗 중 하나였다.

과대망상증 환자로 몰려 모처 안가에 무려 한 달 반 동안 붙들리는 곤욕을 치렀다.

그와 기관에 대한 철저한 함구와 자신에 대한 부정이 있고 나서야 집으로 돌아갈 수 있었다.

지오로선 전쟁터보다 이 기간이 더 길게 느껴질 정도였다.

억울했지만 결국 포기해야 했다.

헬리건으로 훌륭히 군 복무중인 여동생을 위해 **그**가 원하는 대로 응할 수밖에 없었다.

그렇게 **그**를 통해 철저히 부정당해야 했다.

나름 한 개인의 작은 사명감으로 버틴 시간조차 말이다.

자, 그런데 이제 이야기가 180도 달라졌다.

피해망상 정신병자가 유능한 현장요원으로 돌변했다. 이제는 정부와 재벌이 합작한 프로젝트 용도에 적합하니 다시금 스파이 타령으로 회유하려 한다.

지오의 사람도 필요하단다.

그의 눈엔 여전히 철부지 어린이로 보이나 보다.

정말 **그**의 머릿속을 열어 보고 싶은 지오였다.

오히려 살아 돌아왔다는 이유로 누구누구의 스파이 아니냐는 식으로 추궁까지 했잖은가?

그리고 지금 **그**가 가진 패를 총동원해 얼마나 거머리처럼 지분거릴지 안 봐도 4D다.

그 압박의 전초전으로 대놓고 미행자들을 붙일 테지.

그의 입가에 의미심장한 웃음을 만들었다.

"그냥 받아들이게. 지금처럼 국민들의 관심이 국가대항전에 쏠려 있을 때 많은 일을 처리할 수 있거든. 후후."

검은 뿔테 속 눈빛이 수많은 계산으로 번뜩이고 있다.

"에이전트 지오, 자네가 나에게 앙금이 있음을 부인하지 않겠네. 하지만 어서 빨리 대한민국 정부라는 우산 아래로 들어오는 게 신상을 위해 좋을 거야. 그리고 가족을 생각한다면……."

"……?"

이건 또 무슨 뜬금없는 협박인가.

"가상세계에선 매서커라 했지?"

"……."

"자네 신상에 대한 정보 제공 요청이 여러 경로를 통해 쇄도하고 있는 중이야. 군 정보 계통은 물론 대기업 정보팀까지 자네의 일거수일투족을 알고 싶어하더군."

"……?"

존 도와 마찬가지로 그 신상정보를 자랑처럼 돌렸으리라.

"하나 그들이 결코 호의적이지 않음은 장담하지. 참고로 근래엔 일본 야쿠자 조직까지 자네를 찾고 있다는 거 아나? 후후, 인기인이 따로 없어."

"……!"

야쿠자라니?

콘웰은 중국 쪽 방문객을 조심하라더니 기관의 스파이는 야쿠자란다.

"집요하게 들쑤시더니 바로 턱밑까지 접근한 상태야. 우리 팀을 꼬리라며 떨쳐 내려 하지만 자네를 보호하고 있다는 생각은 안 해봤나? 물론 자네도 눈치채고 보험으로 생각하고 나의 초대에 응한 것일 테고."

"하아— 이거야 원……."

역시 스파이는 스파이였다. 지오의 심중을 꿰뚫고 있음이라.

정보가 모이고 흐르는 곳이니…….

지오는 대충 그림이 그려졌다.

일본 우익이 패배에 대한 보복성 테러를 자신을 목표로 기획하고 있음이다.

손가락 하나가 필요한 현해탄 너머의 누군가가 있나 보다.

그렇게 무수한 추적자들의 정체가 정리되었다.

중국이나 일본이나, 놀자고 했더니 죽자고 달려드는 격이니… 이거 재미있다.

지오의 머릿속 계산이 복작해졌다.

지나가는 누군가에게 당신을 러시아 마피아가 노린다는 이야기를 들어도 하등 이상할 것 같지 않게 들리는 상황이라.

목소리를 낮추어 최대한 겸손하게 들리도록 말했다.

"좋은 정보 감사합니다. 정부의 그늘이 절실히 필요한 단계군요. 자, 그런 의미에서 안가 하나 빌릴 수 있을까요?"

"바라는 바지."

그가 환하게 웃었다. 대어를 낚은 낚시꾼의 얼굴이었다.

지오는 그가 참 편하게 사는 사람이라는 생각이 절로 들었다.

동시에 마음속 다짐 하나를 새겼다.

신세를 졌으면, 신세로 갚아야 함을.

*　　　*　　　*

"도시 속 섬이라더니……."

지오는 혼자말로 중얼거렸다.

재개발 지정과 해제를 반복해 토박이들이 떠나 도심 속 무법천지가 된 지역에 대한 보도가 떠올랐다.

바로 이곳이 그런 장소였다.

안가는 나름 익숙한 장소였다.

지오는 이미 이곳을 염두에 두고 있었고 그 역시 자신의 권력을 극대화해서 보여줄 수 있는 유일한 장소이기도 했다.

안가는 과거 한 시대 정보기관이 관리했던 300평에 달하는 정원에 수영장이 딸린 대저택이었다.

지오가 그에게 선발되고 돌아와서 한 달 반 동안 구류된 곳이기도 했다.

숨겨진 감시카메라가 거미줄처럼 얽혀 안팎을 감시하고 있
다.

안가를 둘러싼 환경 역시 훌륭했다.

재개발 예정 지구로 수도, 전기가 끊긴 상태다.

그럼에도 주변은 여느 주택가 마냥 환하기만 하다.

이 재개발 예정 지구는 24시간 불을 밝힌 빌딩 숲에 둘러싸
여 있고, 철거 예정 딱지가 붙은 건물엔 불법 거주자와 불법
체류자들이 똬리를 틀어 자가발전으로 불야성을 구축한 상태
다.

낮엔 인적이 사라지고 저녁엔 다양한 군상들이 불나방처럼
몰려들어 불야성을 이루는 특이한 지역이다.

그런 그들로 거리는 한여름 축제의 국적 불명 야시장이 들
어선 것 같이 떠들썩 흥청거렸다.

그렇게 이곳의 밤거리 그림은 과거의 특정 시점으로 돌린
듯한 느낌을 연출하고 있었다.

지오는 그런 밖을 살피며 전기 연결을 확인했다.

정보기관의 안가답게 설치된 축전기의 전력은 한 개 소대가
60일을 넉넉하게 쓸 정도다.

조명이 밝혀지고 너른 거실에 자리한 최신 가상단말기의 존
재를 확인하자 지오는 씁쓸한 미소가 지어졌다.

깨끗한 것이 최근 며칠 전까지 누군가 사용한 흔적이 역력
했다.

감히 거리의 불법 점거자들이 국가기관이 관리하는 표가 철

철 나는 집 안에 가상단말기를 설치하고 즐겼을 리 없다.

바로 유사한 정보기관에서 사용했음이다.

나의 의문에 등 뒤에 나타난 **그**가 말했다.

"요즘 정보거래는 가상에서 태반이 이루어지거든. 좋은 세상이지. 안가마다 단말기가 설치되어 있는 형편이라니……."

어감엔 따라가지 못하는 영역에 대한 짜증이 묻어 있다.

"기기들이 전부 최신형이네요, 탐날 정도로."

모른 척 말했다.

"그런가?! 내 눈엔 그 기계가 그 기계인데. 우리보다 예산이 풍부한 부서가 많으니까."

공무원답게 가용 예산에 대한 불만이 자연스럽게 나왔다.

암, 대한민국 예산을 전부 써도 모자랄 테지.

"락이 걸려 있으니 저에겐 그림의 떡이네요."

"어차피 관리 목록에 없는 재산이니 알아서 풀라고."

"의외로 후하시네요?"

"이 안가 자체가 말소된 지 오래거든?! 즉, 이 안에 설치된 모든 기기들이 불법적인 정보 활동에 이용한 것들이라 이거지. 부수든 뜯어 팔든 보는 사람 마음이야."

예산을 펑펑 쓰는 경쟁 부서에 대한 앙심이 노골적이다.

"…안가이면서 안가가 아니군요?"

그가 씨익 웃었다.

"그러니 자네가 이용할 수 있는 거 아니겠어? 그럼 이제부터 불법 점거자라 불러야 하나?!"

"……."

역시 한발 물러설 준비는 철저하시다.

지오는 그저 피식 웃고 말았다. 신경 거슬려도 마다할 형편이 아니기에.

그나 그로 대표되는 기관에 대한 기대는 전혀 없다.

지오는 단말기를 쓰다듬었다.

"만족합니다. 덕분에 조용히 지낼 수 있어 감사합니다."

입에 발린 소리다.

절대 조용히 지낼 생각 없다.

"흐흠, 마음에 든다니 다행이군. 그럼 가보겠네. 안가를 어떤 용도로 사용하든 자네 마음이지만 불태우진 말게. 나름 정보 계통에 유서가 깊은 건물이라서. 참고로 영화와 드라마 제작에 사용된 적도 있다네."

"그런가요. 하긴, 수영장이 딸린 저택을 구하긴 힘들긴 하죠."

"다음 미팅까지 잘 지내게나, 그럼."

그는 지오를 미행하던 떡대 요원 둘을 대동하고 사라졌다.

그들이 사라짐을 확인하자마자 지오 역시 안가에서 몸을 뺐다.

들어올 때는 고양이처럼 들어와서 나갈 때는 쥐처럼 빠져나갈 수 있었다.

지오는 출구를 나서며 흡족했다.

"…후후, 현실에선 스파이 게임인가?!"

주변 불야성 속에 검은 점으로 화한 안가를 돌아보며 혼잣말을 중얼거렸다.

지오는 스파이 교육을 받은 적이 없다.

대신 광산기지에서 전직 현직 스파이들과 교류 아닌 교류를 할 수 있었다.

그리고 그들의 비참한 말로 역시 목도했다.

국가 스파이, 요원, 산업 스파이…….

알려지는 걸 원치 않는 정보를 다루는 사람들의 공통점이 있다.

그들은 왠지 모르게 쫓기는 느낌을 풍긴다.

그랬다. 영화 같이 화려한 스파이의 삶은 없다.

그저 관료들에게 자신의 가치를 입증하기 위해 정보를 과장하고 왜곡하는 인간만 보았을 뿐이었다.

자신의 존재가치는 오직 자신이 파악한 정보로만 평가되니… 그 왜곡으로 얼마나 많은 인간들의 삶이 망가졌던가.

여하튼 지오로선 밤이 길게 느껴지는 날이었다.

자신을 추적하는 무리가 한둘이 아님을 확인했다. 그 무리는 터무니없이 위험하다.

…기분은 나쁘지 않다.

야쿠자든 삼합회든 자신의 종적을 국정원 분소에서 놓쳤음이 중요했다.

그리고 안가 하나를 확보했다.
안가가 왜 안가던가?
입구 하나에 출구가 여럿이다.

War 02
악당들 모이다

機甲戰記
Massacre
기갑전기 매서커

옥상에 자리한 형제 작업장이 불한당들에게 파괴된 후 지오 등이 자리 잡은 장소는 도심 외곽 물류 창고였다.

이 쇄락한 창고 지대는 폭주족의 스피드 겨룸 장소로 쓰일 만큼 넓다. 당연히 우범 지역으로 찍혀 5분 간격으로 경찰차 순찰에 사설 감시카메라가 곳곳에 붙어 있다.

그럼에도 폭주족이 적당히 놀고 가는 것에 대해선 그리 문제 삼지 않는다.

지오 등은 의류 선전이 노골적으로 도배된 밴을 몰고 새로운 아지트를 넘나들어야 했다.

그리고 이 밴의 왕래는 근래 들 매우 잦아졌다. 국가 대항전을 준비하는 모종의 준비로.

데드 캠프에서 훈련받은 인원은 무려 300여 명에 달했다.

단 한 명의 낙오는 물론 해외 송출 없이 무려 1년이나 지오의 갈굼에 단련된 용사들이었다.

그런 그들에게 한밤중 블랙 포레스트에서 문자 한 통이 전송되었다.

갑작스러운 문자에 '기어이 올 것이 왔다!' 며 해외 분쟁지로 파견되는 줄 알았다.

그렇게 작전에 투입되는 줄 알았는데…….

해고!

지오와 콘웰 이사가 합의한 결과를 블랙 포레스트가 이행한 것이었다.

이 통보에 대다수 안도를, 더러는 아쉬움을, 극소수는 불만을 토했지만 교관인 지오에 대한 신뢰는 철옹성과 같았다.

해고 통지에 멍해 있는 그런 그들에게 지오의 문자가 이어 들어왔다.

00지구, 00길, ……. 11시. 블랙 포레스트 해고자 단합대회. 수영복 필히 지참.

문자를 확인하는 모두 절로 웃음이 걸렸다.

*　　　*　　　*

안가를 울리는 목소리들이 신이 났다.

"폐 닭 잡아라—!!!"

"뺘뀨 머겅—!!!"

"담궈라—!!!"

장골들에게 들린 지오가 수영장에 힘차게 던져졌다.

하나, 둘, 셋—! 어엿차—!!

첨벙—!!!

물보라가 사방으로 튀었다.

이에에에에에에—!!!

그 모습에 다양한 차림의 청년들이 음료수 잔을 치켜들며 신이 나 환호했다.

그렇게 안가 담 밖으로 쿵쾅거리는 음악이 대낮부터 요란하게 울려 퍼지고 있다.

"저거 뭐하는 겁니까?"

"보면 몰라? 파티지."

"이런 시바— 세가 장난이 아닌데요?"

"나도 보고 있거든?! 타마드!"

지오를 추적해 안가를 살피던 중국 측 요원들의 대화였다.

매서커에 대한 신상정보는 어렵지 않게 구할 수 있었다. 너무도 쉽게.

여하튼 그저 특출한 이력을 가진 개인인 줄 알았는데 지금 보니 뒷배가 모호할 뿐 아니라 제법 세(勢)까지 갖추고 있는 것이다.

게다 세를 구성하고 있는 이들의 면면이 한눈에도 평범과는 거리가 멀어 보였다.

저격 같은 암살이라면 도리어 쉬울 수 있다. 하나 윗분들이 원하는 것은 납치해 겁박에 참전토록 종용하는 것이었다. 최종적으로 말이 통하지 않으면 팔 하나였다.

하나된 중국을 위한 첫발을 내딛기 위한 제물이라.

절대 쉬운 임무가 아니었다.

난감한 표정이 되고 마는 중국의 스파이들이었다.

그런 요원들 곁에 고개를 흔들고 있는 이들이 있다. 허리띠춤엔 대놓고 손도끼가 걸려 있다.

한국에 자리 잡은 삼합회 간부였다.

이들 역시 안가의 파티에 어이없어하기는 마찬가지다.

간단한 협박으로 끝날 의뢰 같았는데 확인해 보니 한국 정보기관이 배후에 있음이 확실했고, 지금 펼쳐지고 있는 거창한 그림은 무엇을 말함인지…….

매서커란 표적에 다들 각듯하게 고개를, 더러는 경례를 붙이고 있다.

본국에서 손봐 달라 의뢰한 표적이 생각 이상의 거물이었다.

중국 요원들이 침묵하자 도끼 사내들이 망원경을 당겼다.

"…문신이 있습니다. 어디 조직인지 당겨봅시다."

"어디 보자… 팔뚝 문신이 특수전 여단, 해병 수색대
에……."

"맙소사! 한국 특수부대란 특수부대 출신은 골고루 섞여 있
어—"

그랬다. 한국군을 샘플로 모아놓은 집단이었다.

"도대체 뭐하는 자들이야?"

"…용병들이다……."

"히익! 저걸 뚫고 까라고?!"

절망에 가까운 비명이 튀어 나왔다.

허리춤에 덜렁거리는 살벌한 손도끼가 순간 초라하게 느껴
졌다.

이에 중국 요원이 중얼거렸다.

"한국 E&T팀 역시 정부가 배후에 도사리고 있었어. 이제야
설명이 되는군."

도끼 사내 중 하나가 말을 받았다.

"그럼 본토 노야들의 지시는?"

중국 스파이의 눈에 힘이 들어갔다.

"노야들의 지시는 절대적이요. 저 안에 있는 매서커를 확실
히 손봐야 하오."

"쪽수는 어떻게 맞출 수 있지만 화력이 딸립니다."

망원경을 내려놓으며 약간 고민하는 시간이 흐르고, 스파이
가 입을 열었다.

"그 점은 본토에서 해결해 드리리다."

“……?”

“총기를 다룰 줄 아는 동무들로 추려놓아 주시오. 한 컨테이너 풀어드리지.”

스파이는 동료 스파이이게 눈짓을 했고 무언의 지시를 받은 그는 모처로 통화를 하며 자리에서 사라졌다.

“한 컨테이너요. 확실히 하는 거요?!”

스파이가 다짐하는 투로 말했다. 눈빛은 먹이를 노리는 야수처럼 번뜩였다.

“…좋습니다. 수령 즉시 투입하겠습니다.”

“노야들께 이국에서 고생하는 동지의 충심을 확실히 전달하리다.”

“믿겠습니다. 반드시 성공시켜 보이겠습니다.”

도끼 사내는 감격한 어투로 고개를 연신 조아렸다.

중국 이주민들 사이에서나 군림하는 흑사회 건달에게 본토와의 무기 거래라는 끈이 만들어졌기에.

같은 시각, 안가를 염탐하는 콧수염의 사내들 역시 중국 측처럼 난감해하고 있었다.

“칙쇼?!! 정부의 끄나풀이었어. 어쩐지…….”

“어쩌죠? 빈손으로 돌아가면 배를 가를 수 있습니다.”

이들은 일본 폭력단원들이었다.

매서커로 인한 패배로 흑막의 어르신들이 천황일가를 모신 관람에서 체면을 구기고 말았다.

대화혼의 부활을 기치로 우익에서 심혈을 기우려 천황일가를 모신 자리였다.

일본의 승리와 동시에 천황가를 등에 업은 우익의 화려한 등장을 알리는 자리로 기획했었다.

한데 그 화려한 등장이 매서커로 인해 물거품이 되고 말았다.

같은 우익 내부는 물론 천황가까지 모욕당했다는 성토가 흑막에 퍼부어졌다.

사죄의 뜻으로 수많은 관련자들이 배를 가르는 것으로 책임을 지는 사건이 발생했다.

그리고 흑막은 매서커에 대한 응징을 결의했다.

반드시 목을 잘라 현해탄에 장사지내라는 명령이 폭력단에 하달되었다.

하나 매서커에 대한 신상정보는 찾을 길 없었다.

한데 며칠 전 갑자기 매서커에 대한 신상정보가 하늘에서 뚝 떨어지듯이 전달되었다. 마치 누군가 손봐주기를 원한다는 듯이.

여하튼 이것저것 가릴 형편이 아니었다. 시간이 지날수록 자신들의 손가락 개수가 줄어드는 것으로 끝나는 게 아니라 배를 가르는 사태로 번질 수 있기에.

그만큼 열도의 분위기는 살벌했다.

"어차피 쉽지 않은 임무로 예상했잖아. 필리핀 애들 사서 들이치는 수밖에."

"…그럼 언제?"

"파티가 쫑나면 치고 들어가야지. 그때쯤이면 저쪽 맨 파워도 어느 정도 빠질 테니까."

"화력이 될까요?"

"필리핀 애들을 불러야겠지. 다들 사제총기는 한두 정씩 가지고 있는 친구들이잖아."

일본이나 한국의 경우 폭력 청부 업계는 사제총기 거래로 위세를 떨친 필리피노들이 쥐고 있었다.

일본 폭력단과 필리피노로 총칭되는 불법총기 거래업자 사이엔 거래가 활발하다.

당연히 끈끈한 커넥션이 유지되고 있다.

"견적이 한 사람당 5백만 원입니다. 몇을 준비시킬까요?"

"한 50명은 되어야겠지. 아니, 될 수 있는 대로 많이 긁어모으라고 해."

"알겠습니다. 청부업자들이 대목 만났군요."

"필리핀 애들 준비되는 대로 치고 들어가야지. 시간 끌면 필리핀 애들이 견적을 크게 부를 공산이 커. 좋아, 급행으로 처리한다고 30% 더 얹어준다고 해."

"알겠습니다. 바로 준비시키겠습니다."

콧수염의 사내는 환한 웃음으로 수영장에 던져지는 표적을 바라보며 차갑게 비웃었다.

스무 번 넘는 추락을 즐기는 표적이었다.

"네 생애 마지막 파티라 이거지?! 실컷 즐겨! 오늘은 얕은 물속이지만 내일은 현해탄 깊은 속을 구경하게 해주지. 잘린 머리로… 흐훗."

*　　　*　　　*

전송된 그림을 충혈된 눈으로 바라보는 이가 있었다.

"훗— IT, 아니, 가상 소비 강국이라더니 과연……."

여기 또 하나의 불길한 팀이 있다.

안가의 파티 그림을 전송받아 보는 이들이었다.

전송된 그림을 확인하는 곳은 고철이 부려지는 부두 한켠에 자리한 이 층 컨테이너 사무실이었다.

허름한 컨테이너 사무실 내부는 첨단 통신 장비와 총기로 무장한 작업복 차림의 러시아인들이 자리 잡고 있었다.

"대령님! 목표물 확인했습니다. 그런데……."

대령으로 불린 중년 러시아인의 눈엔 살기와 광기가 빠르게 교차했다.

"알아, 머리 숫자만 많을 뿐이야. 하역을 마치는 대로 애기들 태워 출발한다."

"그래도… 도심 한복판입니다."

"그래서? 전쟁을 벌판에서 하라는 법이 있나? 그리고 이건 놈이 건 전쟁이야!!"

"……."

작업복 차림의 러시아인들은 대령의 동감하기 어려운 사정에 얼굴이 굳어졌다.

항의해도 소용없다.

게다 돈을 지불하는 것은 고용주인 대령이었기에.

용병… 속된 말로 쩐생쩐사 아니던가.

더불어 정신이 불안해도 유능한 지휘자임에는 변함없기에.

"흐흐, 이번엔 반드시 흔적도 없이 쓸어버리겠어—!"

……

대령의 살기로 번들거리는 눈빛을 뿌리며 외치자 작업복 차림의 러시아인들이 눈을 돌렸다.

대령이 토하는 살기와 광기에 이미 점령된 상태라.

이를 증명하듯 컨테이너 한쪽 구석에 대령의 변심에 항의하던 한국 기업 관료가 머리에서 피를 흘리며 쓰러져 있었다. 안면이 보기 흉하게 뭉개진 체 싸늘하게 식은 지 오래였다.

작업복의 러시아인들은 불편도 하겠건만 전혀 개의치 않는 분위기다.

대령… 지오에게 현실에서, 그리고 가상에서조차 모욕당했다고 여기는 인간병기!

바로 전범으로 러시아군 수용소에서 의문의 화재로 불타 죽은 것으로 알려진 인물이었다.

하나 대령은 멀쩡하게 살아 있었다. 오히려 군 수용소에서 살육과 광기에 찌든 악당들을 규합했다. 오로지 살인과 파괴를 통해서만 자신의 존재를 확인하는 자들로 추종자를 거두었다.

더불어 자신을 지하투기장에서 부리던 마피아들을 역으로 털어 막대한 자금까지 손에 쥔 상태다.

자금과 무리를 규합한 대령은 바이칼 용병시장으로 향했다.

그곳에서 지오를 노리고 한국으로 가는 방법을 모색하던 중이었다.

한데 그런 그에게 한국에서 초대가 왔다.

초대?

바로 한국 기업 관료들이 용병단을 조직하는 데 참여한 것이었다.

이보다 좋을 수 없는 기회!

용병단의 합류는 어렵지 않았다, 새로운 신분을 획득한 상태였기에.

그렇게 대령과 대령의 무리는 용병단에 스며들었다.

그리고 다른 용병들을 차근차근 포섭하거나 겁박해 휘하에 거두었다.

우려를 표하는 자는 쥐도 새도 모르게 처치했다.

공포를 용병단 내에 심었다.

공포뿐 아니라 마피아에게 뺏은 거액으로 용병들의 한탕하자는 심리를 휘어잡았다.

그랬다. 이미 대령은 휘하 용병들의 목숨 값을 치른 상태였다.

이를 모르고 있는 것은 용병단을 저렴하게 조직했다며 자찬

하던 한국 기업 관료뿐이었다.

그렇게 한국 기업이 고용한 용병단을 대령 한 사람만의 사병으로 만들었다.

한국에 보급을 위해 도착하자마자 마각을 드러내 분위기 파악 못하고, 아니꼬운 기업 관료를 처치했다.

그렇게 이들은 한국의 부두 한켠을 점거한 상태다.

오래 있을 수 있는 장소가 아니다.

한데 대령의 도착을 환영이라도 하는 듯 지오에 대한 신상을 확보했다.

마피아의 자금이 전자정령을 부린 결과였다.

그 결과 그림에서처럼 매서커가 수많은 동료들에게 보호받고 있음을 지금 확인했다.

그 덕에 자신의 싸움이 재미있어졌다고 믿는 대령이었다.

"대령님, 서울까지 이동에 지장이 없을까요?"

대령의 부하 중 한 명이 대령을 향해 우려를 표했다.

"흐훗, 걱정들 마라. 한국 내 치안은 허수아비 수준이다. 대기업마크가 선명한 차량을 수상하게 여길 자들은 대한민국엔 없어."

"하긴 저 재수없는 놈이 그렇게 자랑했죠, 바로 자신들이 한국을 지배한다고."

"크큭, 우리가 유령처럼 스며들었듯 바람처럼 사라질 수 있다. 내가 너희들을 군 형무소에서 빼낸 것처럼."

대령의 번들거리는 붉게 충혈된 눈은 확신으로 넘쳤다.

"하핫, 대령님만 믿겠습니다."

"좋아, 애기들을 빨리 준비해. 그만큼 열대 휴양지에서 지낼 시간이 당겨지는 거니까."

"""옛!"""

사무실 내부에 힘찬 복창이 터지며 작업복 차림의 러시아인들이 사무실 밖으로 사라졌다.

홀로 남겨진 대령은 환한 웃음으로 수영장에 던져지는 지오의 모습을 뚫어져라 바라보았다.

"놈— 끝을 내자! 나를 돈으로 부리던 놈들과 함께 네놈 나라에서 웃고 떠드는 동료들과 갈가리 찢어놓아 주지."

대령의 증오는 단지 지오뿐만이 아니었다.

자신을 전장으로 내몰고 살육을 사주한 모든 이들에게 향하고 있었다.

그 증거로 지하투기장을 운영하던 러시아 마피아들과 그 가족까지 씨를 말렸다.

그리고 희귀토 광산에서 돈을 댄 한국 재벌과 그들이 지배하는 대한민국을 향해 복수라는 칼을 빼어 들었다.

아니, 이는 덤일지도.

복수를 넘어선 최종 목표이자 목적은…….

…지오였다.

생(生)을 희롱하고 사(死)를 농단한 존재!

"전우들의 피와 살로 세워진 도시여— 이제 너희들의 피와 살을 태울 차례다."

  서울의 풍요로운 마천루 숲을 향해 그는 차가운 조소를 보
냈다.
  눈은 상처받은 짐승의 광기로 뜨겁게 활활 타올랐다.

機甲戰記
Massacre
기갑전기 매서커

와하하하하—!

하하하핫!

터지는 웃음 속엔 자유로움이 한가득이었다.

용병이라는 어두운 족쇄에서 풀려나 해방을 즐기는 청년들을 위해 활짝 열어젖힌 하늘에서 늦도록 따스한 햇살이 이들을 향해 뿌려졌다.

그렇다. 계약이라는 족쇄는 부서졌다.

해고란 이름으로 거짓말처럼!

이제부터 알 수 없는 미래가 남았지만 생사를 가늠할 수 없는 용병으로의 미래를 걱정하지 않아도 된 것이다.

청년들은 그 어두운 미래가 걷힌 것을 진정으로 자축했다.

이 해방을 지오가 만들어냈음을 다들 말하지 않아도 짐작하기 충분했다.

블랙 포레스트와 교관 지오 간의 신경전을 훈련생들이 곁에서 안쓰러울 정도로 지켜보았다.

훈련생 가운데 단 한 명의 낙오 없이, 그러면서 전쟁터로 보내지지도 않았다.

그 기간 동안 용병이라는 직업과 블랙 포레스트라는 전쟁 기업의 실체를 알아갔다.

그럴수록 자신들에게 채워진 족쇄의 무게는 무거워져 갔지만 지금은 그것이 더 큰 해방감으로 다가왔다.

모두에게 새로운 세계로의 도전을 축복하는 느낌을 만끽하는 하루가 저물어가는 중이다.

이별의 시간…….

이제 훈련생이라는 이름을 뒤로하고 각자의 미래를 설계하기 위해 떠나야 하는 시간이 되었다.

동료간의 수많은 축복과 용서와 안부 인사가 오갔고 악수와 뜨거운 포옹으로 헤어지는 아쉬움을 달렸다.

그렇게 하루 종일 시끄러워 더 이상 안가가 아닌 파티장은 심야가 넘어서야 이별을 나누는 소음으로 잦아들었다.

취기로 몸을 가누지 못하는 청년들이 택시에 실려 저택을 차례차례 떠나고 있었다.

빡빡이가 차에 타려다 돌아서 지오에게 와락 엉겨 붙었다.

"문디— 언젠가는 반드시 교관 놈의 새끼를 잡을끼라—?!"

“네, 네.”

빡빡이… 지방에서 올라와 자신만의 가게를 꾸릴 자금을 마련하기 위해 블랙 포레스트에 들어온 청년이다. 지오에게 징그럽게 엉기며 달려들었던 트러블 메이커였다.

하나 지금…….

“잘 사소―?!!”

“잘 사소?!!”

혀 꼬부라지는 사투리를 끝으로 눈물을 훔쳤다.

그렇게 지오는 또 한 명의 악우를 뜨거운 포옹을 뒤로하고 떠나보냈다.

그동안 훈련생들과 흘린 땀과 수많은 다툼이 아쉬움이 되어 주마등처럼 스쳐 지나갔다.

하나 이별이 행복했다!

오늘 수백 번 물속에 던져져 등짝이 따가웠지만 그 이상 행복한 지오였다.

전장에서의 공포는 무엇이던가?

자신이 죽을지도 모른다는 무기력감이 아니다.

바로 옆에 있는 동료들을 내일 볼 수 없을지 모른다는 생각이다.

…지오는 그랬다.

하나 오늘 그런 공포를 멀리 떠나보냈다.

이별이지만 유쾌한 이별이라.

전우(戰友)보단 악우(惡友)를 원했다.

그리고 훈련생들은 완벽한 악우가 되었다.

지오는 마지막 악우를 태운 차를 바라보며 그들을 축복했다.

"악우들이여— GOOD LUCK—"

*　　　*　　　*

하루 종일 안가를 관찰한 날렵한 콧수염의 사내들이 안도한 목소리로 말을 나누었다.

"놈들이 거의 다 빠져나갔습니다. 집 안에 좀 남아 있겠지만 몇 되지 않을 겁니다."

"흠, 저택 안에 몇 명이나 남았을까?"

"카운팅이 정확하지 않지만 우리 화력이라면 충분히 제압할 정도입니다."

"다행이군. 그저 단순 파티였어. 세는 막강하지만 아마추어는 아마추어들이군. 쯧, 포옹이라니… 보스라는 작자가 물러터졌어. 후후."

그들로선 정말 다행이었다.

화력이 충분해도 3백에 달하는 청년을 뚫고 어떻게 목표물을 도려내듯이 손볼 수 있단 말인가.

그런 의미에서 지금 하루 종일 준비한 맨 파워가 과하다는 생각에 화가 치미는 콧수염 야쿠자였다.

"칙쇼—! 결행은 30분 후다."

신경질적으로 내뱉었다.

이에 스포츠머리에 뺨에 기다란 칼자국이 선명한 일본 청년이 말했다.

"저, 조장님?"

"왜?"

"필리핀 애들이 조금 전부터 이상한 이야기를 합니다."

"무슨?"

"…주변에 중국 애들이 갑자기 눈에 많이 뜨인다고 합니다."

"원래, 여기가 그런 데잖아. 그들 구역이라며?"

"그게, 무장한 중국 애들이랍니다."

"당연하지. 자신들 구역에서 하루 종일 세 과시를 했으니 긴장 타야지."

"무시해도 될까요?"

"단가 높이려는 필리핀 애들 수작이야. 무시해! 내려가서 필리핀 애들 준비나 시켜. 더 이상 말 나오지 않게."

"하잇!"

급했다.

그들 눈에 흐느적거리는 걸음의 지오가 저택 안으로 사라지는 게 보였다.

*   *   *

"타마드— 다 빠져나가잖아?!"

안가를 노려보는 중국 정보원은 바닥에 침을 뱉으며 허탈한 욕지기를 토했다.

그는 오늘 하루 굉장히 바빴다.

단순한 일반인이라면 이런 테러가 웃기는 일이겠지만 상대가 나름 거물이기에 처음 임무를 맡았을 때 품은 께름칙함은 사라진 지 오래다.

이제 매서커란 목표가 한국 정보기관과 연관되어 있음을 보고했다. 당연히 회유는 물론 협박도 소용없음이라.

본토 노야들로부터 제거하라는 명령이 떨어졌다.

시간이 촉박했다.

이틀 후 치러질 한국과의 결승전을 위해 한국 내 정보 조직의 모든 역량을 동원해야 했다. 일부 정보원의 노출까지 감수했다.

그리고 오늘 목표물이 거느린 세(勢)에 깜짝 놀라고 말았으니 무리를 해야 했다.

한국 안 흑사회 조직을 총동원한 데다 이들에게 정보 조직이 꿍쳐 놓은 자동소총 등으로 무장시키기까지 해야 했다.

한데 목표물을 지킬 것 같았던 세력이 풍선에서 공기 나가듯 지금 안가를 빠져나가고 있잖은가.

단순한 단합대회 성격의 파티였음이라.

하루 종일 매달려 골몰한 게 허탈할 지경이다.

그런 마음으로 툴툴거리는 요원과 달리 옆에 붙은 흑사회의 행동대장 등은 우려와 동시에 횡재를 한 기분이었다.

뜻하지 않게 자동소총 같은 강력한 화력 지원을 챙겼기에.

총알 발사체가 군대가 사용하는 화약으로 채워져 있다.

이 정도 화력이면 게토 내 세력 다툼에서 적대 세력들을 일거에 몰아낼 수 있을 정도다.

한데 지금 우려는 단 하나, 게토 내 적대적 세력 가운데 하나인 필리핀 애들이 근처에 모여들고 있다는 것이었다.

골치 아픈 조직이다.

한국 사회에 불법 총기를 유통하는 이들이 '필리피노' 들이다.

자연 중국 흑사회 조직원보다 무장의 정도가 충실해 충돌 시 많은 피를 흘려야 했다.

그런 그들이 근처에 기웃거리고 있다.

이를 본토 정보원에게 보고해야 하나 고민하는 중이었다.

당연히 필리핀 애들도 자신들의 존재를 파악했으리라.

흑사회 행동대장의 고민은 길지 않았다. 정보원에게 이 사실을 말하기로 결정했다.

"동지, 근처에 필리핀 애들이 모여들고 있습니다."

"필리핀 애들?"

"수가 대략 50명 내외로 저희 절반은 되어 보입니다. 이유는 모르겠습니다. 주시점을 보니 우리와 목표가 같다는 느낌이 듭니다. 그래서 동지가 우리 외 다른 조직을 동원하신 것이 아닌가 여쭤보는 겁니다. 아니면 세 개의 중국 중 다른 누군가 인지……."

"무슨 소리?!! 있을 수 없어. 내가 유일한 채널이야! 내도록 나와 같이 있었으면서? 나는 단연코 아냐!! 가만……."

"……?"

"…제길— 이것도 충성 경쟁이라고 선수 치겠다는 거 아 냐?"

중국 정보원은 혼잣말을 크게 했다.

현 중국은 세 개의 중국이다. 자신만 한국에 파견되어 있을 리 없다.

자신의 지금 공작을 감시하고 있는 다른 중국의 정보원이 당연히 있으리라.

그 감시조가 타깃을 가로채려 함이 아닐까?

살펴보니 그럴싸하다.

의심은 확신으로 발전했다.

중국 정보원의 짐작은 그런 식으로 이어졌다.

세 개 중국 내 모든 정보 조직이 한국과의 결승전에 촉각을 곤두세우고 있다.

선수를 놓칠 수야 없지!

중국 정보원은 흑사회 행동대장에게 재촉하는 투로 물었다.

"동지, 배치는 끝났소?"

"옛, 저택 동편에 배치를 마친 상태입니다. 서쪽엔 문제의 필리핀 애들이 있습니다."

"그럼 건물 뒤는?"

"그것이⋯ 이리저리 얽혀 있습니다."

"⋯좋소, 어차피 우리 쪽 인원이 많으니 지금으로부터 30분 후에 들이칩시다."

"알, 알겠습니다."

"방해자는 예외없이 제거하시오."

바라는 바다. 흑사회 행동대장은 가는 미소로 대답했다.

어느 정도 부하들의 희생이 있어야 충성심이 빛이 나기에.

그러는 사이 그들 눈에 비틀거리는 걸음으로 저택 안으로 사라지는 지오의 모습이 보였다.

천하태평이 저럴까?

손쉬운 먹잇감이 따로 없다, 너무도.

*　　　*　　　*

도시의 가는 불빛이 은은하게 저택에 내려앉았다.

치릇치릇— 하루 종일 젊음의 치기로 넘쳐 났던 정원에 풀벌레 노랫소리가 낮게 울려 퍼지고 있다.

훈련생들과의 단합대회는 성공적이었다.

마시고 떠들고 놀면서 마음껏 즐겼다.

물론 그 와중에도 지오는 안가 주변의 동정을 냉정히 살피고 있었다.

지오는 취기 오른 척했지만 무알콜 음료로 일관했다.

　고요가 내려앉은 저택을 향해 은근히 조여오는 살기가 느껴
졌다.

　익히 경험했던 긴장감에 요란하게 울리던 풀벌레 울음이 점
점 잦아들었다.

　'곧 실행에 옮길 작정이구나.'

　지오는 피식 쓴웃음이 흘러나왔다.

　그들의 사정은 나름의 근거를 가지고 이루어지는 것이겠지
만 이곳은 대한민국 한복판이다. 그리고 한때지만 국가기관이
관리했던 안가다.

　그런 고려가 전혀 없음이라.

　그런 판단을 할 수 있는 집단의 무지함에 화가 나기보단 그
런 판단을 용인하게끔 만든 대한민국이라는 공동체의 초라함
에 서글픔이 더 컸다.

　동시에 놀자니 죽자고 달려드는 집단에 대해 한숨이 절로
나왔다.

　더불어 단말기엔 **그**의 신경질적인 메시지로 가득 차 있다.

안가를 감히 파티장으로 전용하다니?! 제정신이야—?!!

　…씹었다.

　그와의 스파이게임은 이로써 끝이다.

　자신이 받은 처우에 비하면 이 정도면 아주 저렴한 셈법이
라.

지오는 두 번 부정당했었다.

존 도로 대표되는 블랙 포레스트를 통해, 그리고 **그**로 대변되는 한국 정보기관에 의해 서약을 강요받고서야 사회에 복귀할 수 있었다.

그 두 번의 부정을 견뎌낸 자신이 지금 너무 신기하게 다가왔다.

사실 아니었다. 끓어오르는 분노로 지오의 영혼은 조금씩 붕괴되어 가고 있었다.

전쟁터에선 멘탈 붕괴가 일어나지 않는다. 평화로운 일상에 복귀했을 때 괴리로 멘탈 붕괴가 일어난다.

이를 설명하는 외상 후 스트레스 장애라는 전문 용어가 있잖은가.

실제로 밤거리를 실없이 실실 웃으며 정처없이 돌아다니는 시간이 점점 늘어가고 있었다.

그 와중에 지오를 구원한 것은 가상에서의 또 다른 삶이었다.

가상으로의 올인…….

분노는 나의 힘!

영혼을 좀먹어 들어오는 분노를 고스란히 받아들였다.

거부하지 않았다.

전쟁 중독 현상까지 거부하지 않고 받아들였다.

가로막는 모든 것을 부수고, 가르고, 베어 나갔다.

현실에서 잉여로서의 시선, 실제 삶의 무게, 괴리감, 이질감, 낯설음, 수많은 후회… 자신을 부정해 들어오는 이 모든 것을 받아들였다.

그렇게 자신을 받아들이는 시간을 가질 수 있었다.

그리고 지오는 무력하고 비겁했던 자신을… 용서할 수 있었다.

자신을 용서할 수 있는 것은 결국 자신뿐임을 깨달았다.

자신의 약함을 마주할 수 있게 되기까지 긴 시간이 걸렸지만 더 이상 후회가 발목을 잡지 않게 되었다.

지오는 그런 생각을 정리하며 거실 안 단말기에서 손을 뗐다.

콘웰에게 선물 받은 기관단총에 탄창을 밀어 넣었다.

철컥— 부드럽게 밀려 올라갔다.

이어 주택 밖 건물과 건물 사이의 공간을 향해 총을 겨누었다.

이제부터 지오만의…….

"파티 타임—!!!"

방아쇠를 당겼다.

機甲戰記
Massacre
기갑전기 매서커

끼이익— 처커덩!

안가의 정문 앞으로 컨테이너 트럭 세 대가 정차했다.

낯선 이의 방문에 야쿠자와 흑사회의 눈이 문제의 트럭에 모아졌다.

트럭 헤드가 웅장하다. 도리에 실린 컨테이너가 작게 느껴질 정도다.

그렇게 누가 보더라도 수상한 냄새가 풀풀 풍기는 차량이었다.

하나 컨테이너엔 한국 유수의 재벌 기업의 로고와 마크가 선명하게 자리 잡고 있다.

사각 컨테이너 위에서 문제의 저택을 내려다보며 엄호 사격한다면 좋은 수라며 상대의 전술을 마음속으로 추켜세워 주고 있었다.

동시에 서로의 마음이 급해졌다.

그때였다.

저택 안에서 사나운 연발의 총성이 터져 나왔다.

타타타탕—!!!

어디를 향해 쐈는지는 알 수 없다. 하나 고요한 이른 새벽 대기를 찢어놓기 충분했다.

"놈이 눈치챘다. 들이쳐—!"

야쿠자, 흑사회 양측 수뇌가 동시에 돌입을 재촉했다.

"담을 무너뜨려—!"

"폭파—!!!"

꽈릉— 와르릉—!!!

저택 서쪽 담이 작음 폭음과 동시에 모로 무너지며 뿌연 먼지를 피워 올렸다. 먼지 사이로 수명의 사내가 총기를 발사하며 침입해 들어왔다.

투타타타탕—!

드르륵!!!

마찬가지로 동쪽 담이 기울어져 넘어지더니 함성을 지르며 수명의 사내가 자동화기를 앞세워 돌입해 들어왔다.

두 무리의 총부리가 겨냥된 곳은 요새의 총안처럼 보이는 세로로 긴 창이었다.

퍼퍼퍽—!!!

안가답게 두터운 방탄유리였다.

저택 유리창이 깨지지 않자 반대편에 어른거리는 그림자를 향해 총부리가 겨누어지며 불을 뿜었다.

반대편에 어른거리는 것은 전부 적으로 간주한 난사였다.

이것이 시작이었다. 안가를 에워싼 건물 위에서 자동화기가 불을 뿜었다.

투타타타타타탕—!!!

타타타탕!!

대도심 한복판이 전쟁터로 변한 듯이 총성이 요란하게 울려 퍼졌다.

저택은 순식간에 벌집으로 변했고 방탄유리는 얼마 버티지 못하고 그 자리에 '퍼석!' 주저앉았다.

저택에서 일체의 저항이 없음을 확인하자 총성이 그쳤다.

가는 신음이 양측 사이에서 울려 퍼졌다.

그제야 공동의 적을 상대하고 있음을 깨달은 수뇌들이 개입해 제지한 것이다.

양측 모두 총격을 지휘하는 무리 가운데 프로가 있었다.

움직임이 서로를 자극하지 않도록 슬로우로 움직였다.

그렇게 양측에서 깨진 창을 통해 건물 내부로 돌입했다.

…….

건물 내부는 깜깜했다.

표적지시기에서 뿜어져 나오는 붉은 광선이 뿌연 먼지를 가르며 거미줄처럼 교차하고 있었다.

돌입과 동시에 반대편에서 들어오는 그림자를 확인하자 서로 외쳤다.

"사격 중지―!"

"사격 중지!!"

그렇게 건물에 돌입한 양측의 선발대는 넓은 거실을 사이에
두고 서로의 존재를 파악한 상태로 대치했다.

서로를 향해 총부리를 겨누고 있지만 용케 자제하고 있었
다.

부서진 파편 속에서 목표의 존재를 찾았다.

한쪽은 팔을, 한쪽은 목을 원했다.

그런 그들 눈에 거실 중앙에 자리한 가상단말기가 어슴푸레
한 간접 조명을 통해 눈에 들어왔다.

시선이 가상단말기에 쏠렸다.

난사로 파괴되어 최신기종의 미려한 자태는 사라져 버린 상
태다. 한데,

기이이이이잉― 단말기에 전원이 들어오는 특유의 낮은 소음
이 흘렀고 기기 내부를 중심으로 형광 빛을 뿌리며 밝아져 왔다.

단말기를 중심으로 거실이 환하게 밝아졌다.

단말기 틈에서 뚝뚝 떨어진 붉은 액체가 거실 바닥을 점령
해 가고 있었다.

피비린내 대신 코 따가운 탁한 화약 냄새가 거실을 한가득
채우고 있다.

…….

"후후, 죽어도 가상단말기 속에서 죽겠다 이건가?"

천천히 모습을 드러낸 야쿠자 조장이 칼을 뽑아 들며 나섰다.

"오이— 거기—!"

반대편을 향해 외쳤다.

호출의 반대편에서 흑사회 행동대장이 모습을 드러냈다.

"불렀나?"

짧은 칼을 든 야쿠자와 손도끼를 허리춤에 끼운 흑사회 행동대장이 거실 한가운데에서 마주섰다.

서로 기세에서 밀리지 않겠다는 듯 마주보는 눈엔 살기로 반들거렸다.

양측 붉은 표적지시기의 광선이 한 치의 양보도 없이 이 둘을 집중적으로 겨냥하기 시작했다.

야쿠자 대장이 두 손을 들며 어눌한 한국어로 말했다.

"목표가 같은 것 같군? 매서커다."

"우리 역시 매서커를 원한다."

흑사회 행동대장이 유창한 한국어로 받았다.

"좋아— 놈의 목이면 된다. 그쪽은?"

"오케이— 우리는 놈의 팔 하나면 된다. 딜—?"

"딜!"

둘은 순식간에 교통정리를 마쳐 버렸다. 폭력단끼리의 수많은 항쟁을 거쳐 몸에 배인 실무자간의 단판이었다.

폭력으로 먹고사는 만큼 불필요한 마찰을 본능적으로 피할 줄 알았다.

이어 둘은 천천히 전원이 들어온 가상단말기 쪽으로 이동했다.

단말기 이음새 사이로 뚝뚝 떨어지던 붉은 액체는 이제는 꾸역꾸역 흘러나오고 있었다.

두 행동대장의 눈빛이 밝아졌다.

좋은 현상이다!

저 정도 출혈이면 몸에 피는 튀지 않으리라는 계산으로.

한쪽은 칼을, 한쪽은 도끼를 들었다. 서로 비릿한 웃음을 교환하며 조심스럽게 단말기에 손을 대더니 살짝 들어 올렸다.

올려진 단말기 내부엔 기대하던 사람 윤곽이 선명하다.

생기가 느껴지지 않았다.

둘은 속으로 쾌재를 외쳤다.

놈이다!

그때 멀리 경찰이 출동하는 사이렌이 들려왔다.

별 걱정 없다. 진입로를 노점상들이 막을 테니까.

하나 마무리를 빨리하라는 신호이기도 했다.

주어진 시간은 3분여…….

철커덩— 둘은 대담하게 단말기 문을 활짝 들어 올렸다.

…….

이럴 수가?!!

단말기 내부를 차지하고 있는 것은 물놀이용 고무인형이 아닌가.

붉은 액체는 이 고무 인형에서 빠져나오고 있었다.

둘은 서로 눈을 마주쳤다.

"칙쇼—?!!"

“타마드?!!”

위이잉— 우우—웅웅—!

철커덩!! 쿠궁—!!!

동시에 외부에서 묵직한 중량이 실린 진동이 실내에 전달되었다.

밖에서 기이한 기계 구동음과 짧은 기함이 울렸지만 둘은 눈짓으로 의사를 교환하는 데 집중했다.

합심해 놈을 잡자고!

막 동의의 의미로 고개를 끄덕이려는데 건물 밖에서부터 오렌지빛 섬광이 확산되어 실내를 덮쳐 왔다.

…둘의 생각은 정지했다.

섬광의 확산 뒤에 굉음이 터져 나왔다.

쿠콰콰콰콰쾅—!!!

차원이 다른 폭음이 도시를 짓눌렀다.

퍼퍼퍼퍼퍽—

건물 내 사람 그림자가 산산이 터지며 흩어졌다. 아니, 존재를 지워 버렸다.

비명조차 지를 수 없다.

＊　　＊　　＊

콰과과과쾅—!!!

쿠쿠쿠쿠쿠쿵—!!!

폭음이 대기를 짓눌렀다.

슈팅 아머다—!!!

으악!

그랬다. 저택 밖 컨테이너가 열리며 무려 아홉 기의 T—134 슈팅 아머가 모습을 드러낸 것이었다.

재식 23밀리 기관포가 불을 뿜었다.

12.7밀리 기관총이 아니다.

이 슈팅 아머는 건물 내부 가상단말기에서 흘러나오는 빛을 쫓아 기관포를 발사했다.

슈팅 아머의 기관포가 불을 뿜자 건물은 물론 내부에 남아 있는 것을 용납하지 않고 갈가리 찢어 놓았다.

건물 밖에서 엄호하던 폭력단과 청부 조직원들이 비명을 지르며 자리를 이탈했다.

무슨 수로 슈팅 아머를 이긴단 말인가.

건물 내부 인물들에겐 단말마의 비명조차 허용되지 못했으니……

슈팅 아머는 공간을 지배하려 함인가.

구구구구구구쿵—!!! 퍼퍼퍼퍼퍼펑!!!

흩어지는 그림자를 쫓아 불을 뿜었다.

아홉 기의 슈팅 아머는 각각의 방위를 잡더니 저택을 에워 싼 건축물로 타격 목표를 변경했다.

이 자리에 숨 쉬는 존재를 절대 용납하지 않겠다는 듯이.

과과과과과쾅—!!! 슈슈슈슈슈슝—!

사나운 총성에 이어 슈팅 아머의 기관포까지 불을 뿜자 서울 도심은 마치 전쟁터로 화하는 듯했다.

야쿠자와 흑사회가 점거한 건물에서 빈약한 반격이 있었지만 슈팅 아머를 제압하기엔 턱없이 역부족이었다.

오히려 슈팅 아머를 자극한 결과로 이어졌으니 기관포의 집중 타격에 노출되어 건물째로 주저앉히는 결과를 초래할 뿐이었다.

일방적인 학살!

…도살…….

안가를 중심으로 처참한 학살이 진행되기 직전 도발을 촉발한 지오는 저택을 벗어나는 중이었다.

귀가에 울리는 총성이 사납다가 금세 잦아들고 있을 확인했다.

"제길, 바보는 아니로군."

두 폭력단의 교전을 기대했는데 원하는 대로 그림이 진행되지 않자 실망하는 중이었다.

하나 나름 만족하는 편이었다.

도발하기 전 경찰에 선량한 시민으로서 신고를 한 상태여서다.

더불어 몰래 카메라로 실시간으로 그림을 연결시켜 신고가 장난이 아님을 담보했다.

중무장한 경찰특공대가 곧 도착해 이들을 소탕할 것임을 믿어 의심치 않았다.

한데 변수가 등장했다.

우릉— 지하 비밀 통로를 타고 들어오는 묵직한 진동이 익숙했다.

"…설마."

그 설마가 사실로 바뀌는 데까지 시간은 그리 길지 않았다.

너무도 익숙한 파괴적 폭음이 좁은 지하 통로에 메아리쳤다.

컨테이너 트럭!

지오는 저택을 떠나기 전 등장한 수상한 트럭들이 떠올랐다.

내부에 무엇이 있을지보단 트럭 위로 저격수를 배치하려는 의도로 파악했을 뿐인데… 그 내부엔 무시무시한 파괴병기가 숨겨져 있었음이다.

"미친! 어떤 미친놈이 슈팅 아머를……."

전혀 예상치 못한 변수였다.

기관포의 굉음이 잦아들며 슈팅 아머 엔진음이 낮게 흘러 들어왔다.

"이건… T—134! 어떻게?"

어떤 세력인지 감히 짐작할 수조차 없다.

지오는 몰래 설치한 감시카메라가 전부 파괴되기 전에 지상의 그림을 단말기로 받아보았다.

소리로 확인했지만 믿을 수 없는 심정이라.

"……!"

심어 놓은 몰래카메라로 전송되는 그림은 놀라운 것이었다.

컨테이너 옆면이 날개처럼 열려 있고 너무도 익숙한 거인의 윤곽이 있었다.

소리는 그림으로 증명되었다.

어떻게, 도심 한가운데 슈팅 아머라니?!!

한데 그 불신은 슈팅 아머의 손에 들린 23밀리 기관포가 다시금 방향을 틀어 불을 뿜자 경악하고 말았다.

사나운 총성으로 웅성거리던 거리는 슈팅 아머의 등장에서 기관포가 사정없이 불을 뿜기 시작하자 비명으로 가득 메워졌다.

주민들이 잠옷 바람으로 뛰쳐나와 흩어지고 있었다.

그런 주민들 머리 위로 기관포 포탄이 붉은 궤적을 그리며 지나갔다.

아비규환!

"…이건 아니잖아!"

단말기가 전해오는 영상에서 지오는 시선을 뗄 수 없었다.

이 터무니없는 방문객의 등장에 절로 비명이 튀어 나왔지만 더 이상 소리를 낼 수 없었다.

출구를 찾아 황망하게 걷는데 무수한 인기척이 조여오고 있음이 느껴졌기에.

아니나 다를까, 표적지시기의 붉은 광선이 지오의 상체에 꽂혔다.

돌아서기도 늦었다.

앞과 뒤로 포위된 상태!

지오의 등골을 타고 식은땀이 흘렀다.

슈팅 아머의 등장에 놀라 경계를 소홀히 한 결과였다.

안가의 미로 같은 지하 탈출구 중 안전한 곳이 없을지도 모른다는 생각이 스쳤다.

조여오던 움직임이 멈추었다. 그리고,

"윤지오! 당신을 국유지 무단 점유, 풍기문란, 불법 무기 소지죄로 긴급 체포합니다―!"

"……."

"총을 버리고 투항하세요―!"

모퉁이 너머에서 낮고 침착한 톤의 외침이 들려왔다. 목소리의 주인공은 여성이었다.

지오는 어디서 들은 목소리라는 생각이 들었지만 얼른 가슴에 붙인 자동소총을 천천히 머리 위로 들어 올리며 외쳤다.

"…항복!"

여러 죄목을 따지지만 법 집행기관이 이렇게 반가울 수가!

자신을 노리는 자들이 아니었다. 아니, 이 순간을 노리고 있었음일지도.

다수의 인물이 빠르게 다가와 지오를 등 뒤로 결박 짓더니 바람막이 점퍼를 뒤집어 얼굴을 가렸다.

"……!"

…당했다.

경찰은 분명 아니었다.

전혀 다른 움직임에, 결박물이 수갑이 아닌 흔한 밴딩이었다.

그런 그들이 지오를 끌어당기며 걸음을 재촉했다.

　경고와 달리 요인을 경호하는 움직임이 몸에 배어 있는 자
들이었다.
　지오는 그들이 이끄는 대로 움직일 수밖에 없었다.
　곧 차량에 구겨지듯이 태워졌다.

　귓가로 슈팅 아머가 토하는 기관포 소음과 폭음이 멀어지고
있었다.

War 05
사로잡힌 아침

쿠쿠쿠쿠쿠— 콰콰콰쾅—!!!

슈팅 아머가 폐허 지대를 완벽하게 공백 지대로 만들었다.

러시아에서 고철을 싣고 항구에 입항한 화물선 바닥엔 대령이 '큰 애기'로 명령한 슈팅 아머가 감추어져 있었다.

항구는 대령을 고용한 재벌 기업의 소유였다.

배가 한국의 항구에 들어오기까지가 까다로웠지, 그 이후는 재벌마크가 한국 내 이동을 보장했다.

그렇게 대령은 큰 애기를 컨테이너로 옮겨 싣고 지오를 찾아온 것이었다.

"이 피라미 새끼들! 놈은 내 거야—! 건드리지 마—!!"

대령은 광기를 토하며 기관포를 당겼다.

자신이 한발 늦었지만 그 한발을 단번에 줄여 버렸다.

슈팅 아머의 적외선 탐색창은 주택 내부에 숨 쉬고 있는 생물이란 생물은 하나도 남김없이 보여주었다.

올 클리어!

그리고 놈이 쉽게 죽었을 리 없었다.

대령의 감각은 말하고 있었다. 근거는 자신의 경험이었다.

눈앞의 그림은 놈이 흔히 쓰는 수법이었다.

다친 척 흔적을 남겨 아군을 끌어들인 다음, 자신에게 유리한 지형과 위치에서 추격자들을 일망타진하는 방식!

대령은 그 덫에 빠진 정체불명의 무장집단을 동정할 이유가 없었다.

당연히 이곳에 떼로 출몰한 무장집단에 대해서도 알 바 아니다.

거추장스럽기에 먼지 털듯이 쓸어버리면 그뿐.

대령에겐 그 정도 가치조차 되지 못했다.

멀리서 울리던 사이렌 소리가 가까이 다가오고 있었다.

귀에 거슬렸다.

도시의 안전은 우리 수중에 있다고 과시하는 듯한 소음에 대령은 가볍게 비웃으며 손가락을 팅겼다. 그러자,

삐요삐요— 콰앙!!!

삐이이이이이잉—

폭음과 동시에 사이렌 소리가 사라졌다.

슈팅 아머의 저격이었다.

몰려들던 순찰차들은 저격에 노출되어 하나둘 차례로 침묵에 들 뿐이었다.

부하들이 저격 포인트를 제대로 선점했음에 대령은 만족했다.

"후훗, 전혀 녹슬지 않았군."

대령의 용병단엔 오래전부터 호흡을 맞춘 전우들이 핵심으로 포진해 있었다.

다들 매서커에게 빛이 있다고 생각하는 이들로!

군 형무소에 수감 중인 대령을 대신해 외부에서 이권을 관리하며 기다리고 있었다. 그리고 대령이 나타나자 다들 고개를 끄덕이며 당연하다는 듯이 합류했다.

살육과 파괴에 찌든 악당들과는 명령에 대한 반응이 달랐다, 지금처럼.

악당들은 도시를 혼란에 빠뜨릴 용도라면 이들은 혼란 속에 대령의 의도를 실천해 줄 전사들이었다.

그랬다. 컨테이너는 이곳에 있는 게 다가 아니었다.

대령의 컨테이너가 열림과 동시에 다른 팀들은 다른 팀들대로 각자 위치를 잡았다.

문제의 지구를 중심으로 저격용 슈팅 아머들이 도심 숲으로 스며든 상태였다.

이제는 공백 지대가 되어버린 지역으로 접근하는 공권력을 차곡차곡 침묵시키리라.

그렇게 대기를 울리는 규칙적인 저격 소리를 즐기며 대령은 무너진 저택으로 자신의 슈팅 아머를 움직였다.

이 층 대저택은 기관포 세례에 폭삭 주저앉은 상태였다.

건물 흔적 자체가 없다.

"…놈, 네놈이 내 앞에 나설 때까지 이 도시를 통째로 인질로 삼아주지. 전에는 사냥 당했었지만 이번만큼은 내가 사냥해 주지. 흐훗."

찾아가지 않는다. 찾아오게 만든다.

이것이 대령이 지오를 상대하기 위해 세운 전략이었다.

그랬다. 본격적인 시작은 이제부터였다!

대령은 미리 준비한 초대 영상을 전 세계로 뿌렸다.

이 영상으로 지오는 자신의 코앞에 모습을 드러낼 수밖에 없으리라.

대령은 광기로 번들거리는 눈을 감으며 밀린 잠에 들었다.

간간히 들리는 슈팅 아머가 토하는 저격 소음이 자장가처럼 대령의 귀에 내려앉았다.

풍요롭고 번영을 멈추지 않던 한국의 수도가 자신의 손아귀에 차근차근 들어오는 소리였다.

이곳은 전장.

전장… 자신에게 진정으로 평화로운 곳이 아니던가.

*　　*　　*

테러! 테러!! 테러!!!

수도 서울이 습격당했다.

대한민국이 발칵 뒤집어졌다. 아니, 마비되었다.

세상에 이런 날벼락이 없다.

심야 총기 난동은 애들 장난으로 치부될 정도다.

도심에 출연한 슈팅 아머의 존재에.

정확한 대수조차 파악하지 못한 상태에서 서울은 아침을 맞이했다.

정규방송은 비상방송으로 전환되었고, 시민들에게 일체의 외출을 자제할 것을 당부하고 있다.

통신사에선 개인단말기로 대처 요령과 위험을 경고하는 메시지를 보내고 있다.

마비!

중국과의 결승전을 기대하며 가상영웅들의 근황을 내보내던 들뜬 공중파에서 신변잡기적인 개인방송들까지 긴장감이 넘쳤다.

방송뿐만이 아니었다.

"민방위 대책 본부입니다. 이것은 실제 상황입니다― 실제 상황입니다! 시민 여러분! 창가에서 떨어져 모습을 보이지 마십시오. 사태는 지극히 위험합니다. 외출자는 침착하게 지하도로 대피를 서둘러 주십시오."

관공서 홍보 차량이 경고성 말을 되뇌며 거리를 천천히 돌아다녔다.

시민들의 단말기엔 각 통신사에서 보내는 외출 자제 문자

메시지가 넘쳐 났다.

　경찰이 주요 도로를 통제하며 군 부대의 투입에 대비해 차로를 비워 나갔다.

　그렇게 출근 인파로 혼잡해야 할 거리는 황량한 유령도시로 비워지고 있었다.

　두두두두두두두두—!

　도시 위로 헬기의 기동음이 낮게 깔려왔다.

　동이 틈과 동시에 군에서 대전차 미사일로 무장한 전투 헬기를 투입했음이라.

　한데 이런 엄밀한 군사 움직임조차 실시간으로 각 가정에 여과없이 흘러 들어가고 있었다.

　시민들은 빌딩 유리창에 비친 국방색으로 도색된 중무장 헬기의 박력을 실시간으로 숨죽이며 지켜볼 수 있었다.

　이 초유의 사태가 소동으로 끝나기를 기원하며 모두가 두 손을 모았다.

　한데, 번쩍이는 섬광!

　우르르릉— 콰광—!!!

　폭음에 이어 대기를 찢는 굉음이 도심을 흔들었다.

　도심 상공에서 붉은 화염에 휩사인 헬기가 추락하여 빌딩과 충돌해 대폭발했다.

　구르르르릉—!

　목표를 향해 접근하던 선두 전투 헬기가 슈팅 아머의 장거리 저격에 속수무책 당하고 만 것이었다.

선두기의 추락에 뒤를 받치던 두 기의 전투 헬기가 각자 좌
우로 흩어졌다.

회피기동은 소용없었다. 도심 사각지대에서 발사된 저격에
전투 헬기들이 차례로 피격되어 곤두박질쳤다.

전투 헬기가 추락하며 검은 연기를 도심 곳곳에 피워 올렸
다.

테러범들은 헬기의 이동 경로를 완벽하게 꿰고 있음이라.

도시만큼 헬기들의 무덤이 따로 없다.

그렇게 한국군의 첫 시도는 변변한 교전조차 하지 못하고
허무하게 빌딩 숲 사이로 사라졌다.

그랬다. 대령 팀은 공백 지대의 아홉 기가 전부는 아니었다.

도심 곳곳에 컨테이너 트럭을 감추어 놓고 공중에서 접근하
는 가장 위협적인 공격 수단인 헬기를 상대한 것이었다.

도시는 소방차의 다급한 출동 사이렌의 찢어지는 소음으로
가득 찼다.

"다시 한 번 알려 드립니다. 시민 여러분, 외출을 중지하십
시오. 재차 경고합니다. 외출을 삼가시고 창가에서 물러나 안
내 방송에 귀를 기울여 주십시오."

다급한 경고를 재차 토하는 방송 아나운서들이었다.

순간 방송 화면이 바뀌었다.

그림이 갑자기 전환되더니 빈 탁자와 의자가 놓인 초라한
영상이 나타났다.

채널을 돌려도 같은 영상이 흘러나왔다.

영상에 사람이 나타났다.

백러시아계로 보이는 다부진 체형의 중년인이 계급 없는 회청색 전투복 차림으로 빈 의자에 털썩 앉았다.

시민들은 그제야 영상을 자세히 살펴보았다.

······!

그를 배경으론 T—134 슈팅 아머가 고유의 기관포를 허리춤에 받치는 자세로 도열해 있는 게 아닌가.

그리고 그 발밑을 보라!

처참하게 찢겨진 사체 조각들이 건물의 잔해와 뒤섞여 흩어져 있음이라.

어느 방송 할 것 없이 전송되어 오는 처참한 그림에 사람들은 입을 다물지 못하고 멍하니 지켜 볼 따름이었다.

거친 톤의 러시아 말이 중년인의 입을 통해 흘러 나왔고, 번역기를 거쳐 무미건조한 억양의 한국어로 전환되어 이어졌다.

"도시는 내 손에 장악되었다. 00지구로 접근하는 모든 무장 수단은 철저히 제압될 것이다. 나는 불필요한 싸움을 원하지 않는다. 더 이상 접근하지 마라— 참고로 도심 곳곳에 부비트랩을 설치해 놓았다."

약간의 뜸을 들이더니 말을 이었다.

"우선 경고의 의미로 1번 부비트랩을 지금 가동하겠다. 1번 부비트랩의 위치는 한강 요트공원 주차장이다."

의미를 파악할 사이도 없이 영상은 한강변 요트 계류장과 연결된 공원을 비추었다.

시민들에게 너무도 친숙한 그림이었다.

인적이 끊기고 음량이 제거된 그림은 매우 평화로웠다. 빌딩 숲 사이로 추락한 헬기가 피워 올리는 검은 연기만 빼면.

실시간 영상이 분명했다.

순간 눈이 따가운 섬광이 주차장을 중심으로 번쩍였다.

꽈광—!!! 우르르르룽—

섬광이 사라진 그림엔 작은 버섯 형태의 화염구름이 몽글 피어올랐다.

파편 폭풍이 영상을 전송하는 카메라를 덮치며 그림은 그것으로 끝이 났다.

강제로 전송된 그림이 아니라도 시민들은 방금 있었던 폭음과 진동을 피부로 느낄 수 있었다.

주차장에 주차된 차량과 아이스크림 트럭들이 폭발에 휘말려 튕겨져 날아올라 요트 선착장에 계류된 요트들을 덮쳤다.

2차 충격파가 선착장을 덮치더니 아름다운 호화요트들을 쓸어버렸다.

서울을 알리는 그림 엽서의 한 장면이 그렇게 사라졌다.

기함을 토할 여유가 없다.

다시 중년 러시아인이 영상에 나타났다.

비틀린, 만족스런 웃음이 입가에 걸려 있다.

"이와 같은 부비트랩이 48개 남아 있다. 더 이상 접근하지 마라—! 다음 2번 부비트랩은 종합병원 지하 주차장에 설치되어 있다. 그 엄중함을 다들 알아들었으리라 믿는다."

자세를 고쳤다.

"그럼, 이제 요구 조건을 말하겠다."

눈빛이 광기로 반들거렸다.

"매서커—! 끝을 보자!! 피하지 말라—! 피하는 만큼 동포들의 피로 도시는 더럽혀질 것이다. 나타나지 않을 시 한 시간 단위로 차곡차곡 부비트랩을 터뜨릴 것이다."

…….

시민들은 당황했다.

거창한 정치적인 구호도, 그리고 입이 쩌억 벌어지는 경제적인 요구도 아니었다.

매서커라니?

한국의 가상 영웅 매서커라니?

미친 거 아냐?!!

그래, 이는 모종의 암호가 분명하다. 한데,

"정당히 겨루기를 원하는가? 좋다. 기회를 주겠다. 광산기지에서 사용하던 1번 주파수를 따라가라. 그곳에 네 물건을 준비시켜 놓았다. …기다리겠다."

그것으로 건장한 체구의 중년 러시아인과 중무장한 슈팅 아머의 그림이 끊어졌다.

영상은 방송 사고를 수습하려는 방송국원의 분주한 모습으로 돌아왔다.

도시는 화염구름과 함께 차갑게 가라앉았다.

…….

＊　　　＊　　　＊

테러의 주동자로 추정되는 인물에 대한 신상 확보는 어이없게도 30초 만에 밝혀졌다.

한때 유력 주간지 표지를 장식했던 저명인사였다.

통칭 대령으로 통하는 러시아 특수부대원으로 세계를 경악으로 몰아넣은 난민 캠프의 도살자!

정신이상자만이 저지를 수 있는 최악의 참사를 저지른 인물로 알려졌다. 전범으로 사형을 선고받아 이미 죽었다고 알려진 인물이기도.

그렇다. 그는 죽은 자였다.

데드맨!

지금 그가 한국의 서울을 공포로 몰아넣고 있음이라.

이제 전 세계가 그가 도심 테러의 주동자임을 확신할 수 있었다.

질서를 지키는 시민들이 대다수였다.

부비트랩이 터진 장소는 대부분이 공원 같은 공공장소였기에.

시민들은 방송과 창밖을 내다보며 어떻게든 이 황당한 사태가 끝나기를 바랄 뿐이었다.

00거리, 00빌딩 모퉁이 저격 라이플을 겨냥하고 있는 슈팅 아머 포착!

　정오가 지나자 시민들이 자신의 단말기로 찍은 테러범들의 동향이 빠르게 퍼져 나갔다.
　도시 테러범의 규모를 파악하기 위한 귀한 정보였지만 너무 많은 그림이 경쟁적으로 올라와 오히려 그 규모를 가늠하기 힘들 지경이 되고 말았다.
　테러의 공포 속에 신이 난 집단이 있었다.
　서울엔 E&T 결승전을 중계하기 위해 수많은 외신이 몰려와 있었다.
　주력 특파원을 중국에 보낸 나머지 팀들이 서울에 보내졌다.
　한데 이런 특종이 따로 없다.
　도심에 추락하는 군 헬기 그림이 전 세계로 실시간으로 중계되더니 테러 집단의 위용을 여과없이 보낼 수 있었다.
　하늘에서 뚝 떨어진 특종!

　기자들은 거리로 나와 텅 빈 거리를 비추며 초유의 테러 사태를 열을 올려 보도했다.
　더불어 전 세계 해커들이 서울에 설치된 사설 감시카메라에 접근해 거리 영상을 퍼 나르기 시작했다.
　그렇게 한국뿐 아니라 전 세계가 이 초유의 사태에 경악했다.
　정오가 되자 외신은 격추된 헬기 잔해와 도심을 급히 떠나는 겁에 질린 시민들의 모습을 반복적으로 보여주며 깊은 우려를 표했다.

수많은 테러 전문가들이 등장해 테러의 배후에 대해 소설을 늘어놓기를 잊지 않았다.

러시아와 한국 사이에 자원 개발을 놓고 마찰을 일으킨 사례들을 나열하며 그 가운데 테러범이 한국을 대상으로 보복을 결행할 만한 사건이 있다는 추측이었다.

시기도, 그 어느 때보다 들떠 있는 서울의 사정도 테러의 목표가 되었다는 것이다.

그렇게 한국이나 세계의 그 누구든 전범과 매서커라는 가상 영웅과의 관계를 테러 조직간의 암호로 치부할 따름이었다.

한데 그런 그가 말한 한국의 가상 영웅 매서커를 향한 메시지는 의미 불명 그 자체였다.

가상의 영웅 매서커와 러시아 전범 사이에 떠오르는 접점이 없다.

그러니 테러 성공을 알리는 암호로 치부하기 충분했다.

여하튼 그런 의문은 풀기 전에 한국 정부가 다급히 움직였다.

거리는 군경에 의해 통제되어 비워졌고 군 최정예 슈팅 아머 부대가 속속 도착하기 시작했다.

시민들은 그 모습에 불안과 동시에 안도의 눈으로 지켜보며 가빠오는 숨을 다스렸다.

대규모 군 부대가 속속 도착했지만 테러범을 제압하는 작전은 아직 전개되지 않았다.

대령이 지정한 00지구에서 수 블록 떨어진 곳에 장갑차로 바리케이드를 쳤고, 국방도색이 선명한 군 소속 슈팅 아머는 국회 등 주요 정부 시설 경비에 배치되었다.

비상 매뉴얼에 따른 나름의 조치였다.

그나마 분단국가인 한국이기에 보일 수 있는 기민한 배치라.

그렇게 심야의 총성 이후 반나절이 흘러가고 있었고… 대령이 경고한 한 시간도 지나갔다.

…우르르르르릉!!!

어김없이 도심에 거대한 폭발음과 함께 화염구름이 솟구쳤다.

…….

진저리쳐지는 진동이 재차 서울 시민들을 덮쳤다.

그리고 또 한 시간 후… 다시금 폭발의 충격파에 몸서리쳐야 했다.

패닉!

시민들은 불안과 공포에 빠져들었고 피난을 가려는 소수의 시민들과 이를 제지하는 군경 사이에 실랑이가 곳곳에서 펼쳐졌다.

카오스… 혼돈!

서울은 혼돈 속으로 차근차근 다가가고 있었다.

OF TEN DIVINE NAMES
War 06
역류

機甲戰記

Massacre

기갑전기 매서커

"매서커ー! 정말로 숨을 생각이냐?!!"

대령은 사나운 외침과 동시에 네 번째 부비트랩이 설치된 장소를 지정했다.

순간 그림이 전환되었고… 예의 정지 그림엔 한강변에 자리한 미려한 외관을 자랑하는 오페라 하우스가 비추어졌다.

서울의 10대 명소 중 하나다. 이어,

파괴적 섬광!!!

거대한 폭음과 함께 오페라 하우스로 불리던 구축물이 산산이 흩어지며 불타 올랐다.

충격파가 주변을 휩쓸었고 한강을 들어 올렸다.

테러범은 서울시 명소를 차곡차곡 줄이려 함인가.

시민들은 실시간으로 전해지는 속수무책인 현실에 망연자실할 따름이었다.

다행인지 지금까지 인명피해가 경미했다. 2번 부비트랩은 재건축으로 폐쇄된 거대 병원이었다. 이어 세 번째 부비트랩은 신축 쇼핑 타운을 날려 버린 상태였다.

두 장소 다 과거 한 시대 의료 관광의 대명사로 알려진 장소였다.

대령이 과거의 정보를 가지고 부비트랩을 설치했음을 추측할 수 있다.

아니면 그 누군가의 개인적인 추억의 장소일지도.

여하튼 첫 경고 후 매시간마다 매서커를 찾으며 부비트랩을 터뜨리는 대령이었다.

화면에서 대령의 모습이 사라졌다.

"…미친놈이군."

날렵한 체구의 인물이 방송을 통해 전해진 그림을 보며 싸늘하게 중얼거렸다.

"C8―! 눈을 봐?! 완전 또라이야."

"죽은 전범이 어떻게 돌아다닐 수 있는 거지?"

"엉터리 러시아 새끼들! 저건 군인도 아냐?!! 러시아 마피아겠지. 아니면 정부의 비밀 실행 부대원이거나."

동료로 보이는 이들이 이를 갈며 거들었다.

이 3인이 지오를 잡아온 자들이었다.

지오는 의자 뒤로 팔이 묶인 상태로 그들과 함께 그림을 같이 보아야 했다.

"……."

…사태가 심각했다.

웬 정신병자가 자신과 놀자며 '메트로 시티 서울'을 인질로 잡고 있기에.

분명 대령이라는 자는 자신을 찾고 있다.

이렇게 무기력하게 구류되어 있을 수 없음이라.

대령… 본 적도, 대화를 나눈 적도 없지만 자신과 총부리를 겨눈 사이임에는 확실하다.

아니다. 반복해서 보니 어렴풋이 모습이 기억났다.

적이지만 불타 오르는 슈팅 아머에서 기절한 그를 구했었다.

자신이 그를 구해주었음에도 오로지 증오의 눈으로 전혀 고마워하지 않은 인물이었다.

이해한다.

지오의 동료들이 하나씩 줄어들 때마다 그의 동료 역시 줄어들었으리라.

말이 통하지 않으니 그 영혼이 이글어진 눈빛을 고스란히 받아야 했다.

사라지며 '반드시 죽여 버리겠다!'는 외침을 저주처럼 반복해 퍼부어댔었다.

아마 전우들을 죽인 원수에게 구함받을 것을 받아들이기 힘든 것이라 짐작할 뿐이었다.

그리고 한참을 잊고 있다 가상에서 그와 조우했다.

지오는 반가웠다.

지오로선 그렇게 광산기지의 생존자라면 적이라도 반가운 존재였다.

그 반가움으로 장난처럼 무참히 응징했다.

…그 때문에 자극받았을지도 모른다는 억측이 들었지만 대령이라는 자의 정신세계를 들여보지 않은 이상 자신에 대한 집착을 설명할 방법이 없다.

오히려 자신이 미친놈 취급 받으리라.

아무튼 저 중증 전쟁중독자가 전쟁과 게임을 혼동하고 있음일까?

아니리라. 영혼이 빠진 눈이 증거였다.

영혼이 빠져나가 광기로 반들거리는 두 눈 깊은 곳에 절대적 평안을 구하는 열기가 서려 있다.

악연의 끈이 서로 당기고 있음일지도.

그랬다, 어떤 의미에선 대령은 이미 죽은 자였다.

자신의 손에!

안식처를 찾지 못한 빈껍데기가 서울을 제 무덤으로 택했음인가?

하나 그 무덤에서 안내를 맡을 사자(使者)가 없다.

그렇다. 확실한 것은 그가 찾는 사지인 자신이 이렇게 묶여 있어서는 안 된다는 것이었다.

넥타이를 매지 않은 검은 양복의 3인이 지오를 돌아보았다.

…….

눈빛들이 호기심을 넘어 여러 가지로 복잡하다.

자신을 구류한 이들이 쉽게 풀어줄 것 같지 않아 보였다.

이들? 당연히 경찰이 아니다.

그렇다고 안보기관의 스파이도 아니다.

나름 요원으로, 국회조사국 실행 요원들이었다.

한때 대한민국이 의원 내각제를 한 시기가 있었고 그때 총리 직할의 감찰기관이 창설되었다.

내각 조사국!

공무원 비리 감찰이 목적이었지만 감시의 촉수를 재벌 등 민간 깊은 곳까지 파고들었다.

다시 대통령제가 되어 없어진 이 조직은 국회로 흡수되어 그 생명을 연명하고 있었다.

이름만 바뀔 뿐이었다.

한번 만들어진 감찰 조직은 그 조직의 존립 자체를 유지하기 위해 정치인들에게 어필할 수단을 차곡차곡 쟁여 놓고 있기에 쉬이 사라지지 않는다.

정치인들 역시 이런 망나니를 쉬이 버릴 수 없다. 칼을 쥐고 있을 때만큼은 최적의 수단이 되어주기에.

여하튼 국회조사국은 과거 전성기만큼 성세를 누리던 기관은 아니다.

바로 그 기관의 요원들에게 지오가 억류당했다.

과연 국회조사국이라는 사찰기관이 지오에게 무슨 볼일이

있단 말인가.

날렵한 체구의 사내가 지오를 노려보며 말했다.

"당신 도대체 정체가 뭐야?"

그의 관심에 실내에 모인 국회조사국 요원들의 눈이 지오에게 다시금 모아졌다.

지오는 씨익 웃으며 최대한 부드러운 어투로 대답했다.

"시민인데요, 선량한."

…….

다들 뻥 진 얼굴로 변했다.

"그럼, 눈앞에 있는 단축 자동소총은 뭔데?"

탁자 위에 탄창이 분리된 자종소총이 놓여 있었다.

구시대 미니 노트북만 한 아담한 사이즈지만 순식간에 자동소총으로 돌변한다. 표적지시기와 도트사이트가 자동소총에 수제 맞춤으로 내장되어 있다.

흔히 말하는 풀 스펙이다.

요인 경호용으로 개발되었지만 슈팅 아머 파일럿의 호신용으로 널리 퍼져 있다.

돈 좀 버는 용병이라면 구매 목록 1순위 아이템이랄까.

"시민의 자위수단입니다."

"이게 어딜 봐서 시민이 가질 무기야?"

"주문하면 반나절이면 가질 수 있습니다. 주문 사이트는……."

"아니, 이 작자가?! 여기가 어딘 줄 알고 말장난이야?!!"

그는 가슴에 채워진 권총 홀드로 손을 가져갔다.

이크, 무서워라—

지오는 겁먹은 커다란 눈으로 그를 바라보았다.

"불법 체포에, 불법 강금에, 협박에, 전근대적인 고문까지……. 아이, 무서워라."

"이익— 너 이 새끼?!! 저 미친놈이랑 무슨 관계야—?"

그는 탁자를 사이에 두고 달려들어 지오의 멱살을 거칠게 틀어쥐었다.

지오는 무방비 상태로 몸이 들렸다.

"으음, 아무 관계 아닌데요."

사실이라니까.

상대만 그렇게 생각하지 않는다 뿐이지.

"이 새끼가?! 아직도 여기가 어딘지 모르고 농지거리야?"

"잘 아는데요."

"뭐?"

"…무서운 곳이라는 것을."

"이 용병 쓰레기가—!"

"크윽……."

몸이 갑자기 들어 올려지며 숨이 막혀왔다.

하나 지오는 그의 화난 눈을 향해 부드러운 미소를 건넬 따름이다.

"…으음, 그럼 저 밖에 미친놈, 잡고 싶으면 당장 풀어주세요. 이 용병 쓰레기가 치워드릴 테니……."

"아니, 이 새끼가! 분위기 파악 못하고 계속 농지거리냐—!!"

"크윽."

지오는 더 이상 신음조차 낼 수 없는 상태가 되었다.

손아귀 힘이 장난이 아니다.

체형과 달리 유도의 고단자였다.

"어허— 이러지 마."

그제야 동료들이 제지에 나섰다.

"놔—! 나, 오늘 개 한 마리 잡는다."

"어허, 이 친구가?! 아무리 밖이 난리라도 절차는 지켜야지."

"난리니까 족쳐야지!"

"이 사람이……."

호흡이 잘 맞는 동료답게 그가 발버둥치도록 살짝 풀었다.

그의 사나운 발길질이 우연처럼 가로막은 탁자를 찼고 세차게 밀린 탁자는 지오의 앉은 가슴 치에 충돌했다.

터억—!!!

"크윽—"

대비하고 있었지만 숨이 순간적으로 막혀 왔다. 단수가 높다.

와당탕—!!!

지오는 의자째로 뒤로 넘어졌다.

의자 뒤로 결박한 팔이 시멘트 바닥과 충돌하며 눈물이 핑 도는 고통이 엄습해 왔다.

수난의 연속이라.

말없이 떨어져 있던 요원이 지오를 부축해 탁자 앞으로 옮겨 세웠다.

"허이구, 말리다 발생한 일이니 이해해 주게. 이해하지?"

몸싸움을 말리는 과정에 벌어진 자연스러운 과정처럼 보이는 그림이리라.

그는 사람 좋은 미소로 눈물을 찔끔거리는 지오의 상의를 털어주며 위로했다.

"네, 네."

전형적인 나쁜 경찰, 착한 경찰 놀이…….

지오는 다 안다는 미소를 보내며 탁자를 발로 찬 자를 비웃음을 담아 노려볼 따름이었다.

새끼ー 죽었어!

거참, 한 대 맞고 풀려 나려 했는데 쉽지가 않아.

속으로 툴툴거렸다.

어서 빨리 밖으로 나가고 싶은데 상황을 보아하니 서울시가 폐허가 되어도 꿈쩍도 않을 상대였다.

촉박한 시간은 그렇게 흘러갔다.

문밖이 소란스럽다. 언쟁을 하는 목소리의 주인들은 여성들이었다.

국정원의 **그**와 지오를 체포하며 으름장 놓았던 목소리가 그 주인공이었다.

"더 이상 당신의 위법 행위를 용납할 수 없어요."

"위법이라니?! 이거 왜 이러시나? 경찰이 거리에 정보원을 두는 것과 다를 바 없다니까?! 업무 규정에도 명기되어 있다고.”

“당신이 요원으로 발탁하겠다며 기만한 이들에게 그런 말을 해보시죠?”

“기만이라니?! 정보 취득을 위한 엄연한 동기 부여라고.”

그렇게 두 여성 간에 말씨름이 크게 반복되고 있었다.

…….

이제야 그림이 그려졌다.

국회조사국의 목표는 내가 아니라 취업 사기꾼인 **그**였다.

그가 국정원 요원 발탁을 미끼로 수많은 청춘을 농락했고 이를 국회조사국에서 감찰 목표로 삼았음이다.

그는 당당하게 지오의 존재를 다시금 부정하고 있었다.

단순 정보원으로…….

아무튼 밖이 전쟁터인데 참 할 일 없는 씨름이라.

지오는 마음이 급했다.

이러고 있는 동안 미치광이 전쟁광이 부비트랩을 차례로 터뜨릴 테고, 그 사태에 대한 책임을 누가 진단 말인가.

여기 있는 잘난 요원이나 밖에서 입씨름 중인 간부나 책임지지 않으리라.

등 뒤 문이 벌컥 열리며 씩씩거리는 두 여성이 들어왔다.

지오와 탁자를 사이에 두고 **그**가 앉았다.

대질 심문이었다.

그는 검은 뿔테를 살짝 세우며 지오를 노려보았다.

잘 생각하라는.

많은 의미가 담겨 있는 눈빛이었다.

자신이 마련해 준 안가에서의 밤까지 이어진 파티를 질책하고 있음일지도.

그곳에서 꼬리가 밟혔다고 생각하는 것이리라.

더불어 그 파티 끝이 도심 테러로 이어진 것에 대해선 혼란스러움이 담겨 있다.

뭐 그 정도 가지고… 밖이 전쟁터인데.

그가 안경을 살짝 고치며 눈치를 전달했다.

미리 밖에서 시끄럽게 언질한 대로 단순 정보원이라고 말하라는 거였다.

역시 스파이다운 임기응변!

"서로 잘 알죠?"

의외의 친숙한 목소리에 지오는 질문하는 여성을 천천히 올려다보았다.

왠지 낯설지 않은 외모였다.

……?

현장요원답지 않게 풍성한 머리칼을 깔끔하게 동여맸지만 지오는 그녀를 한눈에 알아보았다.

책망하듯 노려보는 눈빛은 가상이나 현실이나 똑같았다.

…미요였다…….

機甲戰記
Massacre
기갑전기 매서커

결국 이거였군?

지오는 씁쓸했다.

실내가 환해지는 느낌이 오직 한 사람에게서 뿜어져 나오고 있다.

미요… 본명이 무엇인지 모른다.

가상의 룰을 지켜 물어보지도 않았다.

여하튼 가상에서 미요의 접근이 의도적임을 지오가 모를 리 없다.

터무니없는 스펙… 더불어 마르지 않는 정보력 또한 그 근거였다.

대놓고 틱틱거리며 거리를 두었지만 어느새 자신의 영역에 들어와 버렸던 가상에서만의 연인!

그랬다. 자신을 좋아할 하등의 이유가 없는 여성이었다.

현실에서 이렇게 만날 줄이야.

지오는 눈으로 물었다. 원하는 게 이거였냐고.

미요의 눈이 흔들렸다. 대답 대신 미요의 눈이 말해왔다.

당신을 구해줄게! 라고.

더 이상 눈앞의 **그**가 이용 못하게 하겠어!

눈 깊이 안타까움이 한가득이었다.

그리고 어서 대답하라며 미요의 눈이 재촉해 왔다.

지오는 길게 한숨을 내쉬었다.

"몰라요, 오늘 처음 봅니다. 하지만 당신은 알아요."

"……."

미요가 뺑 찐 눈으로 지오를 바라보았다.

이런 바보가 있단 말인가?!

질책으로 이어졌다.

그러자 **그**는 지오의 대답에 승자의 미소를 지어 보였다.

단순 정보원으로 양보했는데 전혀 모르는 사이라 하니 이보다 좋을 수 없기에.

나가면 정말로 지오를 요원으로 발탁할 마음이 들 정도다.

"다시 한 번 눈앞에 있는 자를 보세요. 국정원 요원 발탁을 미끼로 당신에게 접근하지 않았나요?"

"…몰라요, 전혀 기억나지 않습니다. 노처녀·공무원은 제 취향이 아니거든요. 음, 당신이 딱 바로 제 타입입니다. 그런 의미에서, 남친 있어요?"

"……."

미요의 눈은 짜증과 기쁨 사이를 오락가락했다.

가상에서 지오를 대할 때처럼.

현실의 미요가 훨씬 건강한 매력이 넘쳤다.

지오의 진지하지 못한 태도에 미요는 가는 한숨을 내쉬었다.

"그럼, 국정원 안가에서의 파티는 뭐죠?"

"안가라?! 안가인 줄 몰랐습니다. 빈집이라 친구들을 불러 신나게 놀았습니다. 다들 한날 한 시에 해고통지를 받아 스트레스를 풀 장소가 필요했을 뿐입니다. 아, 그곳이 국가 소유지였군요. 죄송합니다."

"지금 그 장소에서 테러가 시작됐다고요?!"

미요가 뾰족한 비명을 질렀다.

…….

그나 미요나 실내에 자리한 요원들의 눈에 혼란으로 가득했다.

테러 집단과 이 지오라는 청년 사이에 어떤 접점이 떠오르지 않기에.

하나 이것이 절대 우연이 아니라는 것은 누구나 알고 있다.

지오가 시큰둥하게 입을 열었다.

"그건 테러범 마음이죠. 보아하니 한 시간 간격으로 서울의 명소를 차곡차곡 폐허로 만들 생각 같은데… 서울 시민들이 정한 명소들이죠."

"……?"

"그러니까, 그 명소를 정한 건 시민들의 참여로 정해진 것이니… 서울 시민들과 테러 집단과의 연관을 조사하시는 게 낫지 않을까요? 시민 한 사람 한 사람 차근차근 차례대로 불러 손을 결박한 다음 물어보세요?"

"……."

미요가 지오를 사납게 노려보며 3초간의 긴 침묵이 이어졌다.

더불어 주인의 감정에 반응하는 개처럼 3인의 남성 요원이 으르렁거렸다.

이에 승자의 미소를 가득 베어문 **그**가 몸을 일으켰다.

"자, 이제 대질 실컷 했으니 그만 업무 보러 가도 되겠군. 지금 서울이 불바다라고."

"……."

미요는 사나운 눈으로 **그**를 노려보았지만 제지하지 않았다.

"정황상 이 친구가 용병업계에 몸담고 있었던 것 같은데… 우리 쪽 자료를 참고 자료로 보내 드리죠. 우리 모두 나라를 위하는 국과기관이니 그 정도 업무 협조는 해드릴 수 있습니다. 흠, 어쩌면 테러범과 한솥밥을 먹었을지도……. 훗훗."

그는 지오를 향해 피식 웃었다.

"……."

절대적인 부인이었다.

기대하지 않았다.

오히려 그다운 처신이라.

그런 그의 미소에 지오는 차가운 미소로 답했다.

이런 여유로운 겉모습과 달리 지오의 속마음은 다급했다.

그가 보내준다는 자신의 정보에 어떤 정보가 기입되어 있을지 모르기에.

그 정보에 따라 자신이 이곳에 억류되어 있을 시간이 늘어날 것이라.

스치듯 지나치려던 그가 미요를 노려보며 작게 입을 열었다.

"오늘 빚을 크게 졌는데 꼭 갚아주지. 절차상 오류가 상당해. 당신 기억하겠어. 그럼."

"음."

그의 오만한 미소에 미요의 얼굴이 구겨졌다.

이에 국회조사국 요원들 사이에 실망감이 퍼졌다. 다들 자신들이 상처받은 듯이 화난 눈으로 지오를 잡아먹을 것처럼 노려보았다.

그가 당당한 걸음으로 지오의 곁을 지나치는 순간, 지오를 마지막으로 내려다보았다.

…….

참 딱하다는, 그리고 여전히 순진하다는.

그는 그렇게 말하고 있었다.

그랬다. 그는 지오를 발탁할 생각이 예전에도 현재에도 전혀 없음이라.

이번 역시 단순 이용수단으로 여겼음이 전해졌다.

지오는 화보다는 빙그레 길게 웃는 것으로 답을 대신했다.

담담한 반응에 오히려 당황한 것은 **그**였다.

이어 지오는 미요를 보며 한쪽 눈을 찡긋해 보였다.

……?

와당탕—!

앉은 의자가 뒤로 넘어졌다.

순식간이었다. 지오가 의자에서 풀쩍 제자리 뛰기로 뒤로 묶인 팔을 앞으로 돌린 것은.

……!!!

지오는 강하게 탁자를 발로 찼다.

탁자가 거칠게 밀리며 급히 다가오는 요원 둘을 덮쳐 거리를 벌렸다.

지오는 탁자를 찬 반동을 실어 등으로 **그**를 덮쳤다.

등이 **그**와 충돌하며 그대로 넘어졌다.

"악!"

지오는 **그**를 체중으로 누른 다음 수갑을 찬 두 손을 뻗어 **그**의 발목에 채워진 권총을 잡아갔다.

지오는 과거 **그**가 발목에 찬 호신용 권총을 보여주며 존재감을 자랑한 것을 기억하고 있었다.

돌변한 지오를 제압하기 위해 요원들이 급하게 다가왔다.

지오는 사정없이 홀더째 쥐고 방아쇠를 당겼다.

꽝—!

귀청을 울리는 총성과 함께 발사된 총알은 공교롭게도 거칠게 발버둥치는 **그**의 발등을 관통한 다음, 지오를 가격한 날렵한 체구의 요원 종아리에 박혔다.

“아악—!!!”

“크윽—”

실내 시간이 정지했다.

지오는 천천히 홀더에서 꺼낸 총을 겨누며 일어났다.

“으으……”

“크윽……”

총에 맞은 두 사람의 신음이 흘러나왔다.

“이런이런, 쏘리~ 제가 조금 급한 사정이 있어 더 이상 스파이 놀이에 어울려 줄 수 없겠습니다.”

지오는 권총 끝을 요원들을 향해 까닥였다.

총부리를 따라 요원들이 손을 들며 실내 구석으로 이동했다.

그는 고통에 겨운 신음을 토하며 바닥을 굴렀다.

“하이구— 초면에 죄송합니다.”

“…너, 이 자식! 네가 이러고도 무사할 줄 알아?!!”

그가 악을 썼다.

“네네, 오늘 부로 깊은 인상 남겼습니다. 저를 꼭 기억해 주십시오.”

“…너, 이 개새끼—! 까불지 마—!”

"에이, 대 대한민국 스파이가 이정도 총상을 참지 못하다니… 너무 자격 없으시다."

"이 새끼가— 이리 안 와?!!"

"병실로 과일 바구니 보내 드리겠습니다. 서울이 불타고 있어서, 그럼."

지오는 **그**에게 빈정거리는 투로 위로를 건넸다.

그런 지오를 미요가 멍한 눈으로 바라보았다.

"자, 이제는 미인 인질이 필요한 시점 같군요. 거기 고양이 눈 아가씨, 먼저 원시적인 결박부터 풀어주셔야겠습니다."

"……."

미요는 말없이 다리를 절뚝거리는 남성 요원에게서 접이식 나이프를 받아 지오의 결박을 풀어주었다.

지오는 결박이 풀리자마자 미요를 뒤에서 당겨 안았다.

"늘 이 순간을 고대하고 있었습니다. 납치야말로 악당의 로망—"

"…나빠."

미요가 작게 중얼거렸다.

지오는 미요를 당겨 안으며 귓가에 속삭였다.

"네가 더 나빠— 접근할 때 짐작은 했지만 감찰 공무원일 줄이야."

"치—"

지오는 구석에 몬 요원들에게 턱짓으로 서로에게 수갑을 차게 한 다음, 미요를 당겨 방을 나섰다.

밖엔 **그**가 데려온 떡대 요원 둘이 급히 달려오고 있었다.

지오와 인질로 붙잡힌 미요를 보고 급히 멈추었다.

지오는 총을 겨누어 그들을 취조실로 밀어 넣었다.

.그 둘의 황망한 눈에 지오는 장난기 넘치는 미소로 대답할 따름이다.

*　　　*　　　*

두 사람은 **그**가 타고 온 검은 대형 SUV 차량에 몸을 실었다.

옆자리의 미요는 아무 말 없이 지오를 복잡한 눈으로 바라보았다.

붙잡혀 온 지역은 과천이었다.

멀리 서울 쪽 하늘에서 검은 연기가 피어오르는 게 보였다.

서울로 향하는 중간 중간 검문은 미요의 신분증으로 통과했다.

게다 국정원 소속 차량이라 차적 조회까지 완벽했기에 무사 통과였다.

차량이 통제된 도로는 비행기 활주로 마냥 광활했고 속도 제한 없이 속력을 내기 충분했다.

미요가 삐죽 입을 열었다.

"언제부터 알았어?"

"흠, 누님께선 아무리 가상이라지만 터무니없이 다재다능하시더라 이겁니다."

"농담 말고! 확— 핸들 틀어버린다—?!!"

"이크, 알겠습니다. 누님."

"흥— 또 그 누님 타령."

"헤헤, 자 그럼 알려 드립죠. 가상에서 변변한 배경도 없으면서 정보는 거대 작업장보다 빠르고 정확하기까지 하더군요. 가상에서의 움직임은 물론 현실에서의 정보까지 간혹 연결되어 있더군요."

"칫……."

"특히 우연을 가장했지만 현실에서의 저란 존재를 알고 찾아왔습니다. 즉, 가상에서 신상정보까지 들출 수 있는 분류는 대한민국이란 나라에선 극히 한정적입죠."

"……."

미요의 입술이 귀엽게 튀어 나왔다.

"정보 길드, 검은 고양이단이 국가 기관이 개입한 길드라는 건 근래에 알았답니다. 사실 저에게 접근한 여인은 미요님만이 아니랍니다."

"음."

"유수한 사설탐정에서부터 모 대기업 정보팀까지……. 목적을 가진 여성들로 바미안의 영주성이 점점 채워지더군요. 거 참."

심지어 미 CIA와 인터폴이 파견한 요원들도 있다.

그랬다. 바미안은 국제 스파이들의 경합장이었다.

가상에서 지오는 스파이 영화 같은 로망을 만끽했다고나.

여하튼 권력과 금력의 감찰 대상이었다.

미요가 입을 열었다.

"쳇, 그럴 줄 알았어. 누가 너따위 말라깽이 재수없는 놈 주변을 어슬렁거리겠어."

"에이─ 아무리 사실이라도 당사자 앞에서 그러시는 건 실례다."

"운전이나 해─! 바람둥이야─!"

"하하, 결정적으로… 안가의 가상단말기에서 찾은 메모였습니다. 검은 고양이단에 꼬리를 밟히지 말라는 말이 있더군요─ 국정원 요원들이 피하는 단체는 국내에 몇 없어요."

"존댓말하지 마─! 닭살 돋아. 평소처럼 말해."

"그럴까?"

"…그래. 바보야."

미요가 가상에서처럼 토라지며 차창 밖으로 고개를 돌렸다.

미요는 차창에 비친 지오의 옆모습을 보며 말했다.

"이제부터 어쩔 거야?"

"미친놈을 잡아야지. 지금 열렬히 보자 하잖아."

"…어떻게? 상대는 슈팅 아머를 가지고 있다고?"

"훗─ 저 정도는 물류창고 워킹 아머로 충분해."

"장난 말고, 진지하게."

"…몰라. 우선은 초대에 응하는 수밖에."

"역시 매서커를 찾는 방송은 암호가 아니었어……."

그녀는 말끝을 흐렸다.

서울로 향하는 도로 위는 탱크와 장갑차를 실은 트레일러 행렬이 수킬로 이어지고 있었다.

스치는 군인들의 눈엔 당황함과 공포가 가득 차 있었다.

약간의 침묵이 흐리고 지오가 입을 열었다.

"믿든 안 믿든, 문제의 대령과는 단 한 마디의 대화조차 나눈 사이가 아냐. 전장에서 몇 차례 우연처럼 살려줬을 뿐인데… 그는 그것을 모욕으로 깊이 담아두고 있었던가 봐."

"그런."

자신의 손에 쓰러진 무수한 슈팅 아머들을 떠올렸다.

광기에 돌아버린 대령의 동료들이 그 속에 있으리라.

선의로 살려준 게 오히려 그를 더 혹독하게 몰아붙였는지도 모른다.

"그가 나와의 악연을 끊은 줄 알았는데… 도저히 끊을 수 없었을 테지. 동료는 모두 죽고 없는데 자신은 멀쩡히 살아 있다는 것이."

"……."

"나 역시 평화로울 수 없었으니까 대령을 이해해."

이 말은 들리지 않게 흐르는 혼잣말이었다.

하나 지금 대령은 가족이 숨 쉬는 도시를 인질로 삼고 있다.

그랬다. 지오는 자신의 속 깊이 따리 튼 분노처럼 대령의 무기력에 기반한 광기는 이해한다.

하나 이에 따른 행동은 도저히 용납할 수 없다.

자신의 부서진 평화를 되찾기 위해 타인의 평화를 부수려

하는 행위!

　지오는 입을 다물었다.

　차량 내부엔 적막이 흘렀다.

　지오는 차를 세웠다.

　자신을 초대하는 주파수가 나오고 있는 곳까지 미요를 감히
데려갈 수 없었다.

　마찬가지로 헤어질 때가 되었음을 직감했는지,

　"…돌아올 거지?"

　미요가 고개를 숙이며 물어왔다. 눈가에 이슬이 맺혀 있다.

　지오는 천천히 고개를 끄덕였다.

　"당연히!"

　"약속했다?"

　"이 지오님은 귀부인과의 약속은 꼭 지킨답니다."

　"못·된·놈."

　미요의 입술이 지오를 덮쳤다.

　익숙하면서도 낯선 달콤함이 입술을 타고 흘렀다.

　그녀와의 가상에서의 수많은 시간이 스쳐 지나갔다.

　…현실에서의 동화율 고양…….

機甲戰記
Massacre
기갑전기 매서커

지오는 자신의 단말기를 세팅했다.

과거 광산에서 사용하던 1번 주파수가 흘러나오는 방향으로 걸었다.

삐이이잇— 지직. 뚜우뚜우—

한참을 지직거리다 과거 익숙한 신호가 규칙적으로 흘러 들어왔다.

텅 빈 거리에 주인 잃은 비쩍 마른 개 한 마리가 고개를 들고 소리를 낸 지오를 쳐다보았다. 고개를 숙이고 꼬리를 낮게 흔들며 아는 척했다.

지오는 자세를 낮추고 개를 부르려다 허리를 폈다. 난리통에 주인 잃은 개의 안타까운 사정을 참견할 상황이 아니기에.

하나 개 역시 쭈볏쭈볏거리며 감히 지오에게 다가오지 않았
다.
　사람 없는 거리가 도저히 적응 안 되어서이리라.
　아니면 지오에게서 흐르는 살기를 느껴져서일지도.
　지오는 씁쓸하게 웃으며 규칙적인 신호가 흐리기 시작한 단
말기로 눈을 가져갔다.
　이 강력한 신호는 도시 한곳에서 송출되고 있었다.
　GPS상으로 안가에서 여섯 블록 떨어진 대형 유통 센터 지상
주차장이었다.
　신호의 부름을 좇아 지오는 텅 빈 도로를 걸었다.
　거리는 두고 개가 따라왔다.

　…완벽하게 노출된 공간.
　쏠 테면 쏴라!
　지오는 탁 트인 공간을 당당히 걸었다.
　야외 주차장엔 문제의 헤드가 비대한 트레일러 차량이 보였
다.
　……!
　트레일러 화물칸엔 세계 10위권 매출을 무려 한 세기 동안
유지한 국내 모 재벌의 마크가 선명하게 그려져 있다.
　세계인에게 대한민국하면 재벌, 재벌하면 대한민국이라는
기괴한 기업집단을 떠올리게 만들도록 일익을 담당한 기업이
었다.

중산층 10만 명을 책임지고 있다 당당하게 선전하지만 그저 그것이 끝인 기업이기도.

그렇다.

재벌이 지배하는 나라 대한민국!

재벌이 운영하는 병원에서 태어나 재벌이 원하는 스펙에 따른 교육을 받고, 재벌이 공급하는 재화만을 소비할 수밖에 없는 나라… 대한민국.

수도, 전기의 공급을 재벌에게서 지키기 위해 무려 한 세기 동안 싸움을 해온 나라이기도.

'기업이 잘 되어야 국민이 잘 산다'는 황당한 논리가 건전한 생각으로 여전히 통용되고 있다.

그래서인지 거대한 화물 차량이 일반 주차장 한가운데를 턱하니 차지하고 있어도 이를 당연한 그림으로 받아들이고 있다. 재벌마크가 부리는 마법 가운데 하나라.

지오는 대령의 서울 도심으로의 슈팅 아머 반입이 성공한 이유를 깨달았다. 재벌의 직접적인 도움이 아니라 재벌의 한국사회에 드리운 암묵적 양보를 이용했음을.

저 멀리 건물 벽면에 기다란 막대의 검은 그림자가 어려 있다.

슈팅 아머의 저격용 총구가 겨누어지고 있음이다. 문제의 차량 화물칸에 접근했다.

거리를 두고 따라오던 개는 위험을 본능적으로 감지했는지 어느샌가 사라지고 없다.

과연 이 안에 기다리고 있는 것은 무엇일까?

광산기지에서의 지오의 바람은 오직 하나였다.

무사 귀환이 아니었다. 자신의 소식을 가족에게 전하는 것이었다.

행방불명 상태가 아닌 죽음이 명확하게 전달되어 가족들이 자신을 기다리지 않도록 바랐을 뿐이다.

신체 조각조차 찾을 수 없는 전투의 연속이었다.

전사는 없다!

오직 전투 중 행방불명만 있을 뿐.

그랬다. 자신의 죽음을 가족에게 알릴 수만 있다면… 간절한 염원이었다.

그 소원을 넘치도록 이루었지 않은가.

바람을 이룬 이후의 삶은 덤인 것이라.

뚜뚜뚜─ 화물칸 내부에서 나오는 신호가 규칙적이고 안정적이다.

차량 내부엔 사람이 없었고 비대한 컨테이너 내부에서 주파수가 넘치도록 흘러나오고 있었다.

누구도 응답하지 않던 세상이 버린 주파수다.

컨테이너 내부로 들어섰다.

익숙한 윤곽이 열린 문을 타고 들어온 빛을 타고 지나갔다.

……!

한 기의 슈팅 아머였다.

불길한 검붉은 도색의 기형의 슈팅 아머가 자리하고 있었다.

…….

순간 가슴이 먹먹하게 미어왔다.

잊었던 친구!

마지막 헤어졌던 모습 그대로 자신을 맞이하고 있었다.

수많은 개조를 거쳐 처음 외관은 얼마 남아 있지 않은 기형적인 외관이 되어버린 자신의 애기(愛機)였다.

그랬다. 생사를 함께 넘나들던 그 모습 그대로 이 자리에 있었다.

신호의 발신지도 기체의 내부였다.

대령이 세심히 준비해 놓은 것이었다.

지오는 숨을 가다듬으며 슈팅 아머 콕핏에 몸을 실었다.

마치 어제처럼 부드럽게 지오는 받아들였다.

세월이 흘렀음에도 그리운 냄새가 여전히 작은 공간 가득 흐르고 있었다.

“…….”

동료와 전우의 향기가 밀려 들어왔다.

…기름, 땀, 피, 성난 외침, 허탈한 웃음, 악의 없는 야유… 그 모든 추억이 살아나 지오를 감싸 안았다.

세상에 단 하나 있는 슈팅 아머!

검붉은 슈팅 아머의 기형적인 외관은 수많은 동료들의 생존을 향한 염원이 묻은 결과였다.

자신들을 집으로 데려다줄 것이라 믿은 유일한 존재라.

추억에 잠겨 있을 틈이 없다.

대령의 명명백백한 초대…….

전장에서 적과 마주하는 것은 또 하나의 자신과 마주하는 것이다.

광기의 대령은 또 하나의 자신과 마주하고 싶은 것일지도.

지오 또한 대령 역시 또 하나의 자신이었다.

＊　　＊　　＊

"기동 점검—!"

지오는 무의식적으로 몸에 배인 기동 절차를 이행했다.

후우우우우웅—!

전원이 들어오고 기관부의 상태가 일목요연하게 파노라마 사이트에 홀로그램 상태로 나타났다.

올 그린!!!

상태는 마지막 점검을 마친 그때처럼 최적 상태로 세팅되어 있었다.

"기동 시간 체크—!"

8시간이라는 정보가 선명하게 표시되었다.

이어 어수룩한 한국어가 통신관을 타고 흘러 들어왔다.

"웰 컴! 하하하—"

대령이었다.

"어때? 붉은 관이 마음에 드나?"

"……"

목소리는 들떠 있었다.

과연 대령의 의도는 무엇인가?

응징도 보복도 아닌… 아니면 삐뚤어진 여흥을 위해?

지오는 의문을 지웠다.

"…좋아, 놀고 싶다고? 놀아주지!"

"카카카— 이제야 통하는군."

지오는 손에 찬 단말기에서 최신 전투 기록을 슈팅 아머로 로딩했다.

블랙 포레스트 시뮬레이터로 쌓은 방대한 배틀 데이터들이었다.

기지에서의 전투 기록은 이미 오래전 치러진 정보들이다.

지오만의 기만 기동에서 예측 불가능한 사소한 습관까지 이미 파악하였으리라.

막 화기 통제 장치 연결을 확인하는 순간, 작은 영상과 러시아 말이 튀어 나왔다. 말이 끝나기 무섭게 기계적인 한국어로 전환되었다.

"매서커가 도착했다. 참견자는 용납하지 않겠다."

대령의 통신, 아니, 방송이었다.

그는 천천히 회청색 슈팅 아머로 이동하며 말했다.

"매서커! 나를 잡아라—! 내 손에 부비트랩과 연결된 격발 장치가 있다. 나를 잡아야 도시는 안전을 찾을 것이다. 격발 장치는 나에게만 있음을 약속하지. 자— 못다한 결판을 내자—!"

이 말을 끝으로 회청색 슈팅 아머로 대령은 스며들었다.

이어 화면은 아홉 개로 분할되어 나타났다.

그중 자신이 탑승한 슈팅 아머가 외부를 바라보는 구도로 잡은 영상이 있었다.

대령이 슈팅 아머가, 슈팅 아머가 대령이 되어 그림을 뿌리고 있었다.

더불어 지오의 앞뒤 시점으로 두 개 잡혔다.

전투 영상을 전 세계로 뿌릴 심산이었다.

다시금 대령의 목소리가 슈팅 아머를 통해 흘러나왔다. 음성은 한껏 고양된 광기로 가득 차 있었다.

"커커, 매서커의 최후를 나만 볼 수야 없지. 암, 이건 도시를 엉망으로 만든 예의가 아니지. 동포들이 네 최후를 지켜볼 수 있도록 서비스를 해주지."

…….

"대한민국의 시민들이여—!"

…….

대령은 활활 타오르는 광기로 부르짖었다.

"이 도시의 풍요를 위해 오지에서 이름없는 전사들이 어떻게 사라졌는지 지금부터 지켜보라—!"

……!

대령의 외침이 끝나기가 무섭게 불길한 느낌이 지오를 덮쳤다.

순간적인 몸통 도약!

컨테이너를 찢으며 튀어나온 검붉은 슈팅 아머가 시멘트 바닥을 공처럼 굴렀다.

투학— 콰콰콱콱—콱!!

컨테이너와 차량 헤드가 대폭발했다.

지오를 노리던 저격이 불을 뿜은 것이었다.

"크읏."

속이 뒤집히는 격한 울렁거림이 목구멍을 타고 올라왔다.

평형감각을 찾지 못한 달팽이관이 비명을 토했다.

하나 이 모든 느낌이 익숙했다.

마지막 전투가 어제처럼 신경을 터뜨리고 자리 잡았다.

순간 자신을 노리는 방위가 시신경 깊은 안쪽까지 새겨졌다.

자신의 반응은 반사 신경의 영역이 아니다.

그렇게 지오는 자신의 감각이 여전함에 전율했다.

언젠가 지오의 전투 감각은 초감각 영역에 들었다며 동료들이 농담처럼 말했었다.

그만큼 지오의 반응은 인식의 영역을 벗어난 지 오래였고 그 초감각이 세월을 뛰어넘어 지오를 깨웠다.

그렇게 솜털 하나까지 살아나 지오에게 신호를 보내왔다.

*　　　*　　　*

위기는 끝이 아니었다.

투학— 투학— 투학—!!!

콰광— 콰과앙!!!

연이은 저격에 이어 대규모 유폭이 있었다.

컨테이너 내부를 채우고 있던 수많은 화기들이 자지러지는 비명을 지르며 사방으로 파편을 토해냈다.

무장을 갖출 시간이 없었다. 아니, 부여할 생각이 없음이라.

폭발의 열기가 슈팅 아머 내부로 침투해 들어왔다.

지오는 몸을 굴리며 저격 포인트를 찾았다.

…사라졌다.

실패한 자격에 미련이 없음이라.

한데 전혀 다른 방향에서 경고가 들어왔다.

이번 역시 볼썽사납게 몸을 굴려야 했다.

투학— 투학! 파파파팟—!!!

시멘트 바닥이 깊이 파이며 파편을 사납게 튀었다.

팀워크가 확실한 전장의 베테랑들이었다.

"카카카— 이거 미안하구먼. 부하들이 예의가 없어서. 자네가 무장 없이 싸우는 게 공평하다고 생각하는 것 같으니 이해해 주게."

빈정거림이 섞여 있다.

기대하지 않았다.

"좋아—! 몰이하는 기분을 만끽하게 해주지. 원하는 대로."

지오는 자신감 넘치는 어투로 답했다.

기체를 일으킴과 동시에 지면을 지치며 텅 빈 거리로 튀어

나왔다.

도약한 채로 주행 모드로 전환!

키리리릿— 크르르르르릉— 블레이드 롤러와 스친 지면에서 오렌지빛 불꽃이 세차게 튀어올랐다.

지오는 슈팅 아머 자체의 다리 힘으로 롤러를 밀치듯이 짓쳐나갔다.

지그재그— 점프!

꽈꽈꽈꽈광!!!

슈슈슈슈슈슝—!!!

거리를 가로지르는 검붉은 슈팅 아머 뒤에서, 그리고 옆에서 오렌지빛 총탄이 검붉은 슈팅 아머의 동선을 따라 집요하게 쫓아왔다.

그런 집요한 난사에 이어 서로 약속이라도 한 듯한 회피와 이탈이 텅 빈 거리를 가득 채웠다.

그리고 이 그림을 전 세계가 눈을 크게 뜨고 지켜보아야 했다.

機甲戰記
Massacre
기갑전기 매서커

대기가 갈가리 찢어지는 소음이 도시를 지배했다.

구구구구쿡—!

총탄은 마르지 않는 물줄기가 되어 검붉은 슈팅 아머를 간발의 차이를 유지하며 집요하게 따라왔다.

테러범들의 통신관 가득 성난 부르짖음과 욕지기로 가득 찼다. 우연 같은 반복이 이어지며 결정적 총격을 뿌리쳤기에.

락 온 상태에서 퍼붓는 총탄임에도 지오의 이동 궤적을 잡을 수 없어서다. 아니, 이 락 온 상태를 유지하는 것조차 버거웠다.

지금도 그렇다.

잡았다고 느끼는 순간, 검붉은 슈팅 아머는 손바닥을 짚어 방향을 틀었다.

지면에 비스듬히 붙어 건물 사이로 사라졌다.

그리고 예상치 못한 방향에서 튀어 나왔다.

그렇게 미리 정한 추격 루트를 헝클어 버렸다.

하나 수적으로나 화력으로나 압도적으로 우세한 쪽은 테러범들이었다.

지오는 연이은 회피기동 연결에 온몸이 땀에 절었다.

"…제길, 많기도 많군."

그랬다. 거리를 이렇게 누비는 데에는 적 전력을 가늠하려는 의도도 포함되어 있었다.

그리고 그 가늠을 포기했다.

거리는 완벽하게 테러단에 장악된 상태였다.

다섯 기가 한 소대로 이루어지는 슈팅 아머 소집단을 다섯 개나 만났다. 게다 저격은 별개다.

기가 막혔다.

이런 대규모 슈팅 아머 집단이 대한민국에 스며들 수 있다는 사실에.

겉으로 보이는 여유와 달리 속은 급해지는 지오였다.

총탄이 어깨 장갑을 스치고 지나갔다.

……!

맞는 줄 알았다.

급가속, 터닝, 점프, 급감속, 턴- 은폐…….

한순간의 상념이 부른 결과는 이처럼 수많은 고기동을 조합

해야만 뿌리칠 수 있었다.

하나 검붉은 슈팅 아머의 움직임은 이족보행 구축 병기인 슈팅 아머가 만들어낼 수 있는 움직임의 범위를 넘어서고 있음을 전 세계인에게 알리기 충분했다.

차원이 달랐다.

테러범에게 그나마 다행인 것은 지오의 슈팅 아머가 저항 수단이 없다는 것이었다.

"3분 만에 4시간을 날린 건가?"

그랬다. 고난도 회피기동으로 슈팅 아머의 에너지 절반을 소모한 상태.

3분 생존을 위해 4시간을 소비한 셈!

나름의 무장 수단을 찾아야 했다.

목표가 눈앞에 나타났다.

추락한 전투 헬기였다. 비틀어진 프로펠러 가운데 그나마 멀쩡한 하나를 챙겼다.

하키 스틱 형태의 날 없는 칼이 지오에게 쥐어졌다.

"…좋아!"

그것만으로 든든해지는 지오였다.

근처에 저격을 한 테러범이 가까이 있었다. 감이 아니었다.

첫 저격이 실패한 후 숨을 죽인 채 난사에 가담하지 않은 적이었다.

하나 이미 제일 먼저 저격 포인트를 예측한 상태다. 하역장이 바로 보이는 한낮에도 빛이 들지 않는 빌딩과 빌딩 사이.

경차도 주차하기 비좁은 공간이었다. 지오가 첫 먹이로 노리는 슈팅 아머가 자리한 위치였다.

몰래 접근하려니 고려할 상황이 한두 개가 아니다.

제일 먼저 적의 추격이 급박하게 이루어지고 있음을 고려해야 했다.

자신을 추격하는 영상을 저격병도 공유하고 있으리라.

그렇게 지오는 다수에게 노출된 상황이었다.

확실한 것은 추격하는 적들이 전부 베테랑이라는 것이었다.

예상 이상으로 잘 따라붙고 있다. 서울도심이 저들이 익숙할 리 없음에도.

지오 역시 서울에 살지만 이런 곳이 있는 줄 오늘 처음 접했을 정도로 낯선 공간이었다.

아니나 다를까, 은폐한 건물 사이로 대전차 미사일이 스며들어 왔다.

"이크!"

급하게 벽을 지그재그로 박차며 기어올랐다.

꽈광—!!!

다리 밑에서 화염과 사나운 파편의 충격파가 올라와 지오의 슈팅 아머를 덮쳤다.

투타탕탕— 파편들이 지오의 슈팅 아머를 사납게 두드려 댔다.

간발의 차이로 폭발에 휘말리지 않은 것이라.

의심은 확신으로.

“…치사한 한 수가 더 있었군…….”

그랬다.

자신의 슈팅 아머 깊숙한 곳에 위치를 파악하는 장치가 숨겨져 있음이라.

적이라면 누구든지 자신의 접근을 간단히 파악할 것이다.

더불어 문제의 전파 발신기를 찾을 시간을 용납하지 않으리라.

“허허— 살아 있나? 살아 있군. 실력 좀 발휘해 보시게— 부하들이 섭섭해하는군.”

대령이 지오의 신경을 건드렸다.

가상게임을 통해 신경전이라는 것을 배운 모양이다.

피식 웃을 수밖에 없는 지오였다.

현실이 가상인 자다운 야유였기에.

꽈광—!

건물 사이로 수발의 로켓탄이 날아 들어왔다.

자리를 뜬 지오였다.

입가의 웃음처럼 여유로울 수 없었다.

보급을 위해 적의 희생이 필요했다. 광산기지에서처럼.

생각은 더 이상 이어지지 않았다.

주변 지형을 자신만의 지도로 재구성했다.

…….

오직 본능!

촉(느낌)이 전달됨과 동시에 내달렸다.

그렇게 수많은 고려를 본능으로 수렴하며 지오는 움직여야 했다.

다시금 완벽한 노출!

프로펠러로 지면을 찍어 큰 원을 그리며 돌았다.

투학투학—콰콰콰콰콰—!

지오가 있던 자리와 예상 이동로를 따라 무수한 총탄이 샛노란 궤적을 그리며 지나가거나 지면에 박혔다.

만화 같은 간발의 차이가 이럴까.

세 기의 슈팅 아머가 합세한 총격이었다.

슈팅 아머의 외관이 선명하게 보였다.

나름 자신감이 붙은 적들의 추격이 대담해졌음이라.

아무런 반격을 못하는 상태임을 확신했음인지 두 기가 한 조가 되어 총기를 난사하며 다가왔다.

드럼 탄창을 등에 짊어진 대공용 벌컨을 교대로 쉼없이 퍼부어댔다.

구르르르르르릉— 구르르르르르르릉—!

투사된 화망이 거리를 가득 메울 정도다.

화망에 걸린 가판대며 차량들이 작은 폭발과 함께 펑펑 튀어올랐다.

막강한 화력의 자신감인지 움직임은 지극히 정직했다.

지오는 목표로 잡은 빌딩과 빌딩 사이로 접근하는 대신 빠르게 지나쳤다. 마치 끊임없이 퍼부어지는 화망을 피하기 바

뻔 모습처럼.

지오는 철골이 고스란히 드러나는 구조인 건물이 필요했다.

찾았다!

건물 뒤 저격을 맡은 적이 안도할 위치다. 방위를 가늠하자 지오는 기체를 점프시켜 목표한 건물 벽에 들러붙었다.

와장창—!

건물 전면 유리를 부수며 철골을 사다리 삼아 외벽을 기어 올라갔다. 순식간에 8층까지 올라간 지오는 건물 내부로 기체를 몰았다.

와장창— 퉁탕!

이미 비워져 텅 빈 층 바닥을 두 팔로 휩쓸듯이 가로질렀다.

그리고 점프!

옆 건물 속으로 다시금 파고들며 건물 내부를 두더지처럼 헤쳐 나갔다.

그렇게 건물 속을 파고드는 식으로 목표물을 향해 접근했다.

지오는 확신했다, 적들이 자신의 위치를 놓쳤음을.

목표한 건물과 건물 사이 공간 위로 벽돌을 뚫으며 튀어나갔다.

20미터 아래에 급히 저격 라이플을 돌리는 회청색 슈팅 아머의 다급한 모습이 보였다.

허공에 모습을 드러낸 지오의 등장에 당황해 허둥거림이 역력했다.

지오는 손에 쥔 프로펠러를 세로로 집어 던졌다.

괴괴괴괴괵— 투처청!

프로펠러는 적 슈팅 아머와 충돌했고 지오를 겨냥한 저격 라이플의 각도가 틀어지며 발사되었다.

투학— 콰광!!!

지오는 두 팔을 모아 빌딩과 빌딩 사이로 빠르게 하강하다 팔다리를 뻗어 하강 속도를 늦추며 지면에 착지했다.

중력을 느낌과 동시에 적의 노출된 정면을 향해 돌진!

저격 라이플 아래로 파고들어 적 슈팅 아머의 두 팔을 어깨로 들쳤다.

강력한 어깨 받음에 적 슈팅 아머는 거리 밖으로 튕겨져 나갔다.

순간, 적 슈팅 아머 장딴지에 붙은 연막탄 발생기에서 연막탄이 전부 발사되었다.

꽈광— 파스슛!!!

지오는 연막을 토하며 달아나는 슈팅 아머를 쫓지 않았다.

대신 저격 라이플을 회수해 화기 통제 장치와 연결을 서둘렀다.

동시에 뿌연 연막 사이로 모습을 감추었다.

…잔탄은 두 발!

거리 한복판 연막 속에서 적이 사라진 방위로 라이플을 겨누었다.

해를 등진 그림자가 거인의 그림자처럼 길쭉하다.

달아난 적이 돌격의 순간을 가늠하며 숨을 고르고 있음이
느껴졌다.

눈으로 가늠해 놓은 건물 모서리를 향해 방아쇠를 당겼다.

투앙―!

거친 진동이 슈팅 아머의 어깨를 타고 들어왔다.

발사와 동시에 총탄의 궤적을 따라 흩어지는 연막을 따라
달렸다.

건물 모서리에 도착하자 헤드가 뜯겨져 나간 슈팅 아머가
거물 벽에 기대어 모로 쓰러져 있었다.

에너지팩은 파손되어 쓸모가 없었다.

지오는 재빨리 슈팅 아머 수납창과 고리에 노획한 탄약과
무기를 채우고 걸었다.

축이 짧은 20밀리 근접용 기관포였다. 60발 들이 탄창 세 개
가 손에 들어왔다.

저격 라이플을 통해 저 멀리 거리를 급히 가로지르는 두 기
의 슈팅 아머가 보였다.

대공 발칸으로 무장한 그들이었다.

지그재그로 거리를 가로지르며 지오를 향해 발칸포를 들어
올렸다.

지오는 저격 라이플의 락 온 상태를 확인하지 않고 이동 예
상 경로를 향해 방아쇠를 당겼다.

투학―!!!

다시금 거친 어깨 진동이 파고들었고… 꽈광!!!

저격에 팔이 뜯겨져 나간 적 슈팅 아머가 관성을 이기지 못해 땅바닥에 수 바퀴를 튕기듯이 구르며 쓰러졌다.

우그덕, 와당탕탕—!!!

저격의 충격보다 지면에 충돌한 충격이 더 크리라.

지오가 빈 저격 라이플을 나머지 한 기를 향해 겨누는 시늉을 하자 나머지 적은 쓰러진 동료를 구호할 엄두도 내지 못한 상태로 건물 사이로 몸을 던지듯이 모습을 감추었다.

지오는 피식 웃으며 용도가 다한 저격 라이플을 분지른 다음 저격에 쓰러진 슈팅 아머에 접근했다.

녹색 유압유가 길바닥에 홍건하게 번져 있었다.

이 정도면 기동 정지 상태에 빠질 양이었다.

우그적— 지오는 발로 노출된 적 슈팅 아머 탑승구를 가볍게 찍어 눌렀다.

찌그러진 콕핏에서 포로로 잡히리라.

"빙고—!"

어깨가 뜯겨져 나간 기체에선 여분의 에너지팩이 있었다.

2시간짜리 예비 에너지팩과 20분짜리 긴급 기동용 에너지팩이었다.

단 10초의 고기동에 4시간에 달하던 에너지 잔량은 붉은 바닥을 드러내고 있었다.

지오는 이미 바닥을 드러내고 있는 에너지팩을 미련없이 배출하고 방금 노획한 에너지팩을 밀어 넣었다.

"…2시간 20분이라. 충분하지."

　지오가 무장한 상태임을 확인했음인지 적들의 당당한 모습이 거리에서 사라졌다.

　대신 신경질적으로 수발의 대전차 미사일이 떨어졌다.

　그렇게 적이 지오의 위치를 파악하고 있음은 변함이 없었다.

　하나 드디어 지오는 무차별 총격의 위협에서 벗어났음이라.

　"호오— 드디어 무장했나? 20밀리로 얼마나 버틸지 기대하겠네."

　대령의 심퉁한 대꾸가 이어졌다.

　지오는 무시했다.

　자신의 말이 러시아어로 전달되겠지만 그럴 여유가 지오에게 없기에.

　저격에 주의하며 안가가 자리한 지구로 슈팅 아머를 움직였다.

　지금까지의 꽁지가 빠져라 움직이는 고기동이 아니었다.

　거리 한복판에 모습을 당당하게 드러낸 채 지면을 소리없이 지치며 나아갔다.

　"자, 본격적으로 사냥을 해보실까나."

OF TEN DIVINE NAMES
War 10
파괴되는 도시

機甲戰記
Massacre
기갑전기 매서커

“…여전하군.”

아니, 그 이상이었다.

대령은 지오의 기체에서 보내는 그림을 확인하는 내내 전율하지 않을 수 없었다.

과연 자신이라면?

처음부터 지오를 잡을 것이라 기대도 하지 않았다.

그저 지오의 컨디션을 확인하는 것으로 만족하는 수준에서 몰이에 대원들을 투입했다. 또 다른 의미에서의 보급이었다.

몰이 사냥에 투입된 대원들의 파란점이 붉은 점에 접근함에 따라 예외없이 그 빛을 잃어가고 있었다.

부하들의 침묵에 대령은 별 감흥 없다.

오직 관심은 지오의 움직임이었다.

아니나 다를까, 지오의 움직임은 자신의 예상을 깨고 있었다.

이것이 생과 사가 교차되는 전투가 아니라면 멋지지 아니한가.

이번만큼은 자신을 평안에 들 수 있을 것 같은 기대로 피가 뜨거워지며 천천히 고무되어 갔다.

저럴 수가?!!!

저게 과연 육중한 슈팅 아머의 움직임이란 말인가?!!

차례차례 침묵하는 테러범들의 회청색 슈팅 아머가 늘어날수록 이 그림을 여과없이 받아보는 세상 역시 놀라움에 빠져들고 있었다.

비상식적인 고기동에 숨 막혀 하다 차례로 테러범들을 쓰러뜨리니 환호가 절로 터져 나왔다.

잘 편집된 영화 속 그림을 보는 듯한 감상이 들 정도였다.

과연 저 조종자가 가상 영웅 매서커일까?

아직까지는 알 수 없다.

반면, 서울 모처의 대책본부 안.

"…바보야."

미요는 두 손 모아 숨 죽여 전투 영상을 지켜보아야 했다.

탈출을 방조하고 마지막까지 말리지 않은 것이 후회막급이었다.

간이 조여 들어왔다.

이런 그림을 보고자 했던 게 아니었다.

그렇게 시간이 흐를수록 상실감이 커져만 갔다.

아니, 이것은 거리감이었다.

지금 현실에서 지오가 벌이는 파괴의 그림이 커지고, 비상식적 활약이 늘어날수록 현실은 그의 복귀를 원치 않을 것이기에.

마치 지어낸 이야기 속에나 나오는 인간 병기가 따로 없다.

그만큼 테러범들과 어울려 전달되는 그림 속 지오는 자신이 아는 그 지오가 아니어만 갔다.

게다 지오가 차곡차곡 적의 수를 줄여가고 있지만 도시는 구해질 것 같지 않았다.

지오의 추측이기도 했지만 미요 역시 광기로 반들거리는 대령을 보고 그렇게 느꼈다.

단 한줄기의 빛조차 없는 눈이 말하고 있었다.

죽은 자의 광기는 도시의 파괴를 바라고 있음을.

어떤 식으로 결론이 나든 도시는 옛 모습 그대로를 찾을 수 없으리라는 불길한 예감이 온몸을 지배하고 있었다.

미요는 지오에게 전해 받은 부비트랩 배치 예상지를 대책본부에 보고했다.

전 경찰 병력이 투입되어 수색하고 있지만 시간은 오직 지오의 손에 달려 있었다.

부비트랩를 찾아 어떻게든 해체해야 했다. 아니면 최소한으로 줄이기라도 해야 했다.

한데 문제는 이 부비트랩 예상지는 오로지 지오의 추측에

의한 수색이라는 것이다.

한데 정보를 전달한 대책본부의 반응이 시큰둥했다.

도시로의 군 부대 이동에 대책본부의 초점이 맞추어져 있었다.

부비트랩의 리스트… 지오는 광산기지에서 고향을 그리며 자신이 놀았던, 그리고 방문했던 추억의 장소를 슈팅 아머 콕핏 속에서 웅얼거렸다.

그 간절한 그리움이 슈팅 아머에 녹음되어 대령에게 전해진 것이었다.

그랬다. 매일매일 그 목록을 차례로 읊으며 미쳐 버릴 것 같은 광기를 다스리는 주문처럼 사용했다.

한강변 요트 계류장, 할아버지를 병문안 했던 병원, 가족들과 다 함께 장을 보던 쇼핑 센터, 친구들과 사진 찍기 좋았던 오페라 하우스 등… 부비트랩이 설치된 장소들은 전부 아무렇지도 않게 스쳐 간 평화로운 일상을 떠올리게 하는 장소들이었다.

바로 그 장소들을 대령은 나름의 목적과 부합시켜 차례차례 파괴하려 함이고.

느낌이지만 대령은 지오와의 대결 이상의 그 무엇을 노리고 있다.

대령 그 자신이 지오를 통해 평안을 얻는다면 과연 그것으로 끝일까?

아니면 지오를 제압한 다음 그 이후 무엇을 얻고자 할까?

누구도 알 수 없다.

확실한 것은 지오가 대령과 결판을 빨리 내서도 늦게 내서도 안 되는 애매한 상황이라는 것이었다.

미요는 부비트랩의 위치를 정보 기관에 알렸고 그 결과를 기다리고 있다.

하나 대책본부의 시간은 슬로우로 흐르고 있었다.

그때였다.

"알려주신 곳에 부비트랩이 설치된 화물차를 찾았습니다."

대책본부의 한 인물이 알려왔다.

"다행이군요."

미요는 작게 안도했다.

"…해체 중이긴 한데, 시간이 많이 걸리는 트랩이랍니다."

"얼마나?"

"시간 단위는 필요하다 합니다."

"다른 트랩들의 소재는?"

"그, 그게… 나머지는 이제야 파악하는 중입니다. 지목한 장소들이 대부분 광범위해서 시간이 필요합니다."

"……."

미요는 암담했다.

어떻게 이럴 수가?!!

그들은 제보를 믿지 않은 것이다.

그나마 제보자가 미요라는 국회조사국원이기에 하나라도 확인했음이라.

이제야 신빙성을 확인하자 부랴부랴 수색 인원을 투입하고 있음이고.

…….

대책본부 요원들은 미요의 화난 눈을 피하기 급급했다.

미요는 안타까웠다. 제보자는 지금 목숨을 걸고 시간을 끌고 있는데 그 시간을 이곳 엘리트 관료들이 허비해 버렸기에.

한데 상황실 관료들은 몸을 돌려 각자의 개인 단말기로 트랩이 설치된 지역에서 가족들의 접근을 막고 대피하라는 내용의 통화가 부산스럽다.

미요가 사나운 눈길을 대책본부의 관료들에게 보냈다. 다들 시선을 피할 따름이었다.

미요는 그런 관료들을 향해 다그쳤다.

"확인했으니 빨리 주변 주민들 대피에 인력을 투입해야지요."

"…그러면 혼란이 커지오. 재난 대피 요령에 위배되오."

중년 관료가 퉁명하게 대꾸했다.

밖의 상황을 민방위 훈련처럼 여기나 보다.

"이미 밖은 전쟁터예요. 트랩이 터져 건물이라도 무너져 사람이도 상하면 그 책임을 누가 지려고요?!"

관료들이 가장 두려워하는 '책임'이라는 단어에 힘을 주는 미요였다.

"크음……."

중년 관료는 언짢은 얼굴로 고개를 돌렸다. 상대하지 않겠다는 듯이.

"이미 귀중한 시간을 허비한 상태잖아요. 이후 발생하는 인명 피해에 대한 책임은 이곳에 모인 여러분들이 져야 할 거예요.”

“······.”

다들 모른 척했다.

“좋아요, 정 그렇게 나온다면 트랩 목록을 언론에 넘기겠어요. 시민들에게 생명을 지킬 기회는 줘야죠.”

마지막 말은 비명에 가깝다.

관료들의 동작이 일시에 굳었다.

상황의 경중을 가늠하는 야비한 눈빛들이 관료들 사이를 오갔다.

“···알겠소이다. 지금 즉시 긴급 공지를 보내도록 통신사에 요청토록 하겠소이다.”

그렇게 중년 관료는 마지못해 시민들의 대피를 받아들였다.

“······.”

미요는 이후 바쁘게 돌아가는 상황실 사정은 무시했다. 오로지 전송되는 전투 영상에 두 눈을 고정했다.

“바보야··· 좀 더 버텨줘야겠어. 죽으면··· 죽여 버리겠어.”

미요는 두 손을 피가 나도록 쥐며 지오를 위해 기도했다.

*　　*　　*

휘류루루웅─ 꽈릉─!

두구두구두구퉁─!!!

재개발 지역 외곽 움직임이 심상치 않았다.

대령은 아군을 나타내는 푸른 신호 하나가 단말기에서 사라지는 것을 관찰했다.

지오와의 전투에 휘말리지 않은 외곽을 경비하던 슈팅 아머였다.

한국군에서 지오가 만든 혼란을 틈타 휴대용 대전차 미사일로 슈팅 아머 한 기를 요격한 것이었다.

우르릉거리는 장갑차 엔진 소음이 일시에 울렸다.

나름 냉정을 찾은 한국군이 반격의 기회를 잡았다고 판단한 움직임이었다.

아니면 더 높은 곳에서의 독촉에 못이긴 마지못한 군사 행동일 수도 있다.

여하튼 대령을 자극했다.

대령이 짜증스러운 어투로 말했다.

"누가 감히 방해하는 것인가?! 지금 한 명의 영웅이 쥐새끼들에게 평안을 얻을 기회를 놓쳤다. 좋아, 당연히 응징을 해주지― 후후."

찰칵― 대령은 낮게 읊조리며 트랩 하나를 발동했다.

거대한 화염구름이 서울 한가운데서 치솟았다.

이어 우르릉 하는 낮은 진동음이 대령이 탑승한 슈팅 아머에 전달되었다.

기어이 트랩 중 하나를 터뜨린 것이었다.

"방해할 테면 해라. 그만큼 전장은 도시 전체로 넓어질 테니―"

대령은 사나운 미소를 지어 보였다.

한데 이 상황을 바라마지 않은 눈치였다.

그랬다. 대령은 도시에 대한 테러를 멈출 생각이 없었다.

지오가 나타나더라도 한국 정부가 시비를 걸어오리라는 것을 알고 있었다.

오히려 자신이 원하는 혼란이 늦었다고 생각하는 중이다.

피아가 뒤섞인 난전… 자신의 손으로 죽인 아군처럼 지오 역시 동포들을 죽일 수밖에 없는 상황으로 몰고 가고자 함이라.

그렇게 지오가 늦으면 늦는 대로 트랩을 차근차근 발동시킬 것이고, 동료들이 지금처럼 지오 외 존재에 침묵당할 때마다 트랩을 터뜨릴 생각이었다.

대령의 경고에도 불구하고 외곽 지역에서 교전이 시작되고 있었다.

만족한 미소를 길게 그리는 대령이었다.

바라마지 않은 혼란이기에.

빠각―! 우드득.

관절을 꺾어 비틀어 뜯었다.

그렇게 근접으로 한 기의 적 슈팅 아머를 침묵시킨 지오는 급히 소모품을 챙기려 했다.

그때였다.

우르릉― 낮은 진동이 슈팅 아머 속으로 전해졌다.

지오는 도시 건물 사이로 붉은 화염 불꽃이 뭉실 피어오르는 것을 보아야 했다.

족히 축구장 하나를 날릴 규모다.

미친놈!

이어 대령의 혼란을 즐기는 미소까지.

역시 대령은 처음부터 약속을 지킬 생각이 없음이라.

이를 막으려면 적을 제압해도 피아식별 장치가 살아 있어야 함인데… 피아식별 장치는 통신 장치가 모여 있는 두부(頭部)에 있다.

진압군이 두부를 살려 놓은 상태에서 제압해야 함인데 이는 묘기를 넘어선 신기의 사격술이 수반되어도 힘든 것이지 않은가.

뿌려진 총탄에 너무 많은 것을 기대할 순 없다.

진압군과 대령의 부하들이 기어이 엉겨 붙을 테고 진압군이 그들을 제압할수록 도시에 가해지는 테러 역시 늘어날 수밖에 없다.

제일 좋은 방법은 단 하나!

미친 대령을 잡는 것이라.

지오는 미요가 트랩이 설치된 지역에서 시민들을 무사히 피신시켜 주길 바랄 뿐이었다.

"빌어먹을!"

절로 욕지기가 목구멍을 박차고 나왔다.

곧 무수한 화염구름이 서울 도심 곳곳에서 피어오를 것만 같았다.

적을 죽이면 시민이 다치는 구조!

"······!"

모험을 걸어보기로······.

아니, 모험을 할 수 밖에 없는 상황이라.

도심의 폐허 지대에 들어서자 적의 화력이 어김없이 달라붙었다.

콰콰콰쾅— 파슝!

적 슈팅 아머 어깨에 부착된 30밀리 기관포가 지오를 쫓아 왔다.

사거리며 그 위력이 20밀리 기관포에 비할 바 아니다.

더불어 근거리 신관이 탑재되어 발사된 확산 탄환이 지오의 슈팅 아머 근처에서 폭발하며 쇠구슬 파편을 사납게 토해냈다.

투타타타타탕—!!!

콩알 크기의 쇠구슬이 지오의 슈팅 아머에 우수수 박혔다.

특유의 검붉은 외장갑은 확산탄의 폭발을 헤쳐 나올 때마다 파편이 박히며 뻐끔뻐끔 장갑에 파고들었다.

자연 지오의 슈팅 아머의 기동이 부자연스럽다.

두터운 장갑으로 치명적인 타격은 주지 못했지만 화려하면서도 변화무쌍한 회피가 장기인 지오를 몰아붙이는 데 성공했음인가?

그렇게 확산탄에 의해 기만적인 회피기동은 소용없어 보였다.

우당탕탕— 지오의 슈팅 아머가 비틀비틀 균형을 억지로 잡는 모습으로 텅 빈 건물과 건물 사이로 스며들었다.

몰아넣었다고 확신했음인가.

건물을 향해 적 슈팅 아머들이 매복에서 모습을 드러내며 신경질적으로 총탄을 퍼부어댔다.

콰콰콰콰쾅—!!!

이어서 로켓탄이 주변부로 마구잡이로 떨어져 내렸다.

세 기가 한 조가 되어 30밀리 기관포를 토하는 두 기의 원거리 엄호를 받으며 건물을 향해 접근해 왔다.

구르르르릉— 세 기 중 한 기는 발칸포에 연결된 대형 드럼 탄창을 등에 짊어지고 쉼없이 철갑탄을 토하며 거리를 좁혔다.

무수한 총탄이 퍼부어지자 피탄된 건물이 충격을 이기지 못하고 주저앉기 시작했다.

뿌연 시멘트 먼지가 총탄에 뿌옇게 피어올랐다.

이런 화력 공세도 모자랐는지 피아식별기상 붉은 광점을 향해 수발의 대전차 미사일이 날아들었다.

폭음과 함께 슈팅 아머의 장갑으로 추정되는 검붉은 파편이 튀어올랐다.

그리고 피아식별기상 붉은 광점 역시 사라졌다.

시큰둥하게 주시하던 대령은 순간 움찔했다.

이 정도 공격에 지오가 당했으리라 믿기가 어려워서였다.

이보다 더 격한 전투에서도 그는 살아남았기에.

하나 피아식별기 단말기상에 나타난 신호는 숙적의 소멸을 말하고 있다.

자연 지오를 압박하던 발칸포의 발사음이 멈추었다. 뿌연 먼지를 겨냥하며 엄호를 맡은 30밀리 기관포를 담당한 세 기의 슈팅 아머도 현장에 다가왔다.

이 두 기의 다리엔 대전차 미사일 포트가 채워져 있었다.

방금 대폭발을 일으킨 대전차 미사일을 발사한 주인공들이었다.

그런 그들 앞에 뿌연 먼지 사이로 검붉은 슈팅 아머의 잔해가 모습을 드러냈다.

다섯 기의 슈팅 아머는 드디어 적을 사냥했다는 생각으로 안도감이 들었다.

"대령님, 목표를 말살했……."

벅찬 보고는 이어지지 않았다. 아니, 대령이 물러나라는 경고를 토하려 할 때였다.

콰콰쾅―!

폐허 기둥 사이에서 20밀리 기관포가 불을 뿜었다.

토해진 총탄은 다섯 기의 슈팅 아머 머리와 가슴 사이에 정확하게 파고들었다.

"커흑―"

"놈이다―!"

"앗!"

다양한 경호성이 일시에 터져 나왔지만 행동이나 반응으로 이어질 수 없었다.

총탄이 발사된 폐허 사이에서 두부와 가슴 등 외장갑이 사라진 슈팅 아머가 모습을 드러냈다.

장갑 부착하기 전 뼈대만 남은 슈팅 아머였다.

장갑 중 장갑이라 할 수 있는 콕핏을 보호하는 든든한 복부 장갑조차 없다.

바로 장갑 전부를 벗어버린 지오의 슈팅 아머였다.

싱거운 총질에도 기동 불능 상태에 들 수 있는 상태!

지오는 참았던 숨을 토하며 정지한 다섯 기의 슈팅 아머로 다가갔다.

자신의 짐작대로 자신을 옥죄던 피아식별기는 두부에 있지 않았다. 장갑 어딘가에 감추어져 있었다.

아마 생명과 직결된 복부 장갑이리라.

모험은 성공이었다.

그리고 이제 지오 자신은 싱거운 파편조차 피해야 하는 위험한 상황에 놓이고 말았다.

OF TEN DIVINE NAMES

유효 기동 시간 고작 18분…….

내장 에너지팩의 허용 시간이었다.

장갑을 분리하며 장갑에 연결된 메인 에너지팩까지 버렸다. 그렇게 더 이상 에너지팩을 노획해도 쓸모가 없게 되었다.

기동 시간 연장은 할 수 없음이라.

고난도 기동을 한다면 이 시간 역시 채 2분을 넘기지 못하리라.

중요한 것은 집요하게 따라붙은 꼬리를 떼어냈다는 것이었다.

저 멀리 화염 구름 하나가 뭉글 피어올랐다.

지오는 비명을 지르고 싶었다.

그랬다. 도시의 사정은 최악이었다.

한국군에 의해 진압된 슈팅 아머가 생기자마자 대폭발로 이어졌다.

얼마나 더 터질지 가늠이 되지 않았다.

"…제길, 좀 기다리라고―?!"

지오는 외쳤지만 진입작전을 개시한 한국군을 되돌릴 순 없었다.

우르르르릉―!

방금 올라온 화염에 따른 진동음이 심상치 않다.

강 건너 용산이었다. 서울 어디서나 보이는 188층 검푸른 마천루가 굉음을 토하며 우수수 주저앉고 있었다.

거짓말 같은 그림이었다.

그곳은 과거 가족과 함께 나들이 갔던 4D 관람관이 있던 장소였다.

화성기지와 화성의 생생한 풍광을 실제처럼 체험했었다.

자신의 추억 때문에 테러의 목표가 되고 말다니…….

테러의 장소는 지오가 간직한 추억의 장소들이었다.

광산기지의 처절한 전투 속에서 지오는 이 추억의 장소를 하나씩 낮게 부르고 떠올리며 전장의 공포와 광기를 몰아내고 달렸었다.

그 낮은 중얼거림이 주문이 되어 대령에게 흘러 들어갔고 그는 그곳들을 테러의 목표로 삼아버린 것이라.

과연 저 붕괴 현장에서 얼마나 많은 사상자가 생겨날지 짐작조차 할 수 없었다.

그렇게 눈앞에서 서울의 상징적 명소 하나가 완벽하게 사라져 버리고 말았다.

지오는 확신했다.

자신이 죽어도 대령은 파괴의 행진을 멈추지 않을 것임을.

심장이 오그라들었다.

……!

이 목록 가운데엔 저렴한 임대료로 20년간 단 한 번도 이사를 가지 않은 부모님의 집이 있었다.

자식들의 독립에 맞추어 새로이 신혼을 시작했다며 기뻐하던 부모님의 얼굴이 스쳐 지나갔다.

안전하게 대피했을까?

알 길 없다.

"……."

강 너머 뿌연 먼지구름을 보며 미칠 것만 같은 지오였다.

대령과 마찬가지로 지오 역시 광기를 토할 상대를 찾아야 했다.

지오는 쓰러진 슈팅 아머 한 기를 들쳐 멨다.

그리고 한 지점을 응시했다.

*　　　*　　　*

요트 선착장을 시작해 강변 오페라 하우스로, 대형 쇼핑몰

에 이어 병원이 파괴되었을 때까지 한국 정부는 다행인지 인
명 피해가 없었기에 당황하긴 했어도 그나마 이성은 있었다.

　하나 188층 마천루의 붕괴는 이성의 끈을 놓기 충분한 사건
이었다.

　자욱하게 비산한 먼지가 해일처럼 일어 부도심을 덮쳤다.

　전달된 유력한 테러 지점 목록의 토대로 대피가 진행 중에
있었다. 그 와중에 건물 내 잔류 인원을 확인하던 소방 인력
다수가 무너진 건물과 함께 폭사하고 말았다.

　테러 이후 최대의 인명 피해가 발생하고 만 것이었다.

　문제는 이 빌딩의 소유주인 대기업의 반응이 전달되고부터
였다.

　선출직 비선출직을 가리지 않고 모든 고위관료들에게 모 대
기업의 발작에 가까운 반응이 전달되었다.

　이에 한국 정부는 대규모 군대를 즉각 투입하기로 결정하기
에 이른다.

　지상에선 전차와 장갑차를 앞세운 한국군이, 공중에선 미군
슈팅 아머 여단이 강하하기로 작전을 수립했다.

　한국군과 미군은 작전 지역에 보이는 모든 슈팅 아머를 적
으로 간주키로 결의했다.

　고군분투(孤軍奮鬪) 중인 지오의 존재는 그저 방해꾼으로 여
길 뿐이었다.

　고오오오오오오―

지오는 머리 위로 벌이 우는 듯한 진동음에 이어 거대한 그림자가 수개 드리우는 걸 느꼈다.

……!

거대한 수송기에서 거인들이 엮인 알사탕처럼 줄줄이 투하되고 있었다.

투하된 슈팅 아머 등에서 기구 같은 거대한 크기의 풍선이 터지며 곤두박질치는 슈팅 아머를 공중에 번쩍 들어 올렸다.

이어 민들레 홀씨가 흩어지는 궤적을 그리며 수개의 풍선에 매달린 슈팅 아머들이 지상을 향해 내려왔다.

한눈에 주한 미군 헤비스트라이크 여단의 슈팅 아머의 강하임을 알 수 있었다.

이게 다가 아니었다.

기리리리리릭— 지상에선 지축을 뒤흔드는 기갑부대 차량의 기동음이 낮게 깔려 들어왔다.

지오의 외침은 전달되지 않았다.

드디어 대령을 코앞까지 압박하고 있는 와중에 이런 방해가 따로 없음이라.

강하하는 미군 슈팅 아머에서 강하 지역 확보를 위해 연막탄을 마구 퍼부어댔다.

대령을 노리고 접근하는 지오의 시야를 너무도 완벽하게 방해했다.

"병신들!"

그럼에도 지상에서 발사된 저격을 뿌리치기엔 표적 자체가 거대했다.

지상에서 발사된 수발의 직격탄이 슈팅 아머를 들어 올린 거대한 풍선을 터뜨렸다.

빠웅—! 피유우우우우—

꽈광!!!

차례차례 지상으로 곤두박질치는 미군 슈팅 아머들이었다.

콰과과과광— 하강 중인 미군 슈팅 아머들이 살기 위한 몸부림으로 지상을 향해 무차별 사격을 가하기 시작했다.

지오의 코앞에 무수한 눈먼 총탄이 떨어지며 다시 한 번 지오의 진출을 방해했다.

"이 미친……."

기동 시간이 차곡차곡 분 단위로 줄어들고 있었다.

대령을 찾아 필사의 각오로 같이 자폭할 작정으로 접근 중이건만 현 상황은 도와주는 것 자체가 없다.

이 모든 노력을 철저하게 방해 받는 쪽으로 흐르고 있다.

지상 역시 혼란스럽기는 마찬가지였다.

골목 어귀에서 나타난 적 슈팅 아머가 장갑차와 전차의 후위와 측면을 공격하고 달아나기를 반복하며 지상을 맡은 한국군의 진격을 괴롭혔다.

철저히 장갑이 약한 엔진 부위와 기동 부위를 부수는 적이었다.

전투의 베테랑다운 노련함과 침착함은 적을 떠나 칭찬하고 싶을 정도.

그렇게 처음부터 외곽에서 대전차 미사일로 저격하는 방법을 버린 대가는 혹독했다.

고고도 무인 전폭기에서 대전차 미사일이 적 슈팅 아머를 노리고 발사되었다.

하나 건물과 건물 사이에 엄폐한 적 슈팅 아머를 잡기엔 역부족이었다.

화염이 피어오르고 우릉우릉 하는 촉음이 진동하며 서울을 더 깊은 공포로 몰아넣었다.

지오는 자신의 등을 노리는 대전차 미사일 세례를 피해 건물 사이로 숨어들어야만 했다.

간신히 코앞까지 접근했는데 말이다.

…….

지오는 강하 작전이 끝나기를 기다리며 이를 갈았다.

*　　　*　　　*

혼란스러운 지오와 달린 대령은 짜릿함을 만끽하고 있었다.

바로 이거야—!

불타는 도시!

파괴되어 무너지는 마천루!

공포에 떠는 도시!

이어지는 적들의 대규모 기동!

전장의 혼란!

민간인들의 아비규환!

죽음과 공포가 뒤엉킨 전장의 향기에 전 신경이 곤두섰다.

자신이 바라마지 않은 그림이 아니던가.

빛이 사라진 눈에 어두움이 깊이 차올랐다.

그렇게 죽음과 공포의 향기가 자신을 고양시켜 왔다.

"카카커— 미군새끼들. 믿는 건 그저 물량뿐이지."

워밍업 차원으로 어깨에 부착된 30밀리 기관포로 강하 슈팅 아머를 열세 기째 떨어뜨리고 있다.

이 과정을 장난처럼 중계하는 것을 잊지 않았다.

학살에 가까운 손쉬운 먹잇감이었다.

짜릿한 전투의 흥분이 온몸을 휘감아 왔지만 숙적이 코앞까지 왔음을 모를 리 없는 대령이었다.

제 아무리 놈이 피아식별기를 떼버렸어도 접근을 파악하는 또 다른 수단이 자신에게 있었다.

결전타를 위해 모른 척했을 뿐.

그랬다. 미군 때문에 불과 100미터 전방에서 버벅거리고 있음을 놓치지 않고 있었다.

그리고 기동 시간이 줄어들고 있음도 실시간으로 파악하고 있다.

…손바닥 안이라.

*　　*　　*

피가 마르는 시간이 흐르고.

…6분.

지오의 슈팅 아머에게 주어진 시간이었다.

쿠궁— 납작 엎드린 전방으로 드디어 미군 슈팅 아머 몇 기가 착지하는 것이 관측되었다.

공중에 뿌려진 헤비스트라이크 여단 108기에 달하는 슈팅 아머 가운데 그저 한줌만 무사히 땅을 밟은 것이었다.

그나마 이도 한국군 전투 헬리콥터 부대의 희생에 기인한 착지였다. 미군의 이 무모한 강하를 돕는 과정에 무려 36기에 달하는 한국군 전투 헬기가 늦가을 잠자리처럼 떨어져야 했다.

이로 인해 도심 곳곳에 화광이 충천하며 검은 연기가 피어오르고 있었다.

지상에 안착한 미군 슈팅 아머 다섯 기가 고유의 외눈 센서를 움직이며 적을 찾기 시작했다.

콰콰콰쾅— 미군은 약간의 기척만 보이면 총탄을 아끼지 않고 퍼부어댔다.

그랬다. 공포에 이미 깊이 침식당한 상태였다.

주변엔 눈만 돌리면 산산이 박살 난 미군 슈팅 아머 잔해를 어렵지 않게 볼 수 있었다.

슈슈슈슈슉— 쿠콰콰쾅—!!!

서서히 무너지는 건축물을 향해 다리에 부착된 다연장 로켓을 아낌없이 퍼부어댔다.

……

지오가 돕고 싶어도 저런 상태라면 도와줄 수 없다.

나서서 해치우고 싶은 욕구가 생길 정도다.

그때였다. 미군이 시선을 돌린 뒤쪽에서 한 기의 적 슈팅 아머가 불쑥 튀어 몸을 날리는 게 아닌가.

문제의 슈팅 아머는 유령 같은 움직임으로 문제의 미군의 녹색 슈팅 아머 사이로 스며들더니 양손에 든 검은색 단검을 한치의 의심 없이 휘둘렀다.

스웃— 번쩍!

정확하고 정밀하게 슈팅 아머 콕핏에 검을 밀어 넣거나 그어댔다.

다급히 물러나는 미군 슈팅 아머에 그림자 같이 붙어 아래에서 위로 검을 그어 올렸다.

순식간에 다섯 기의 미군 슈팅 아머들의 동작이 선 채로 중지했다.

문제의 슈팅 아머의 손에 들린 검은색 텅스텐 검엔 검붉은 피딱지가 혐오스럽게 엉겨 붙어 있다.

…….

그렇게 다섯 기를 처치한 회청색 슈팅 아머는 지오 쪽을 슬쩍 쳐다본 다음 모습을 감추었다.

지오는 직감했다.

대령이다!

방금 본 그림은 자신의 특기이기도 했다.

그렇다. 시선을 돌린 다음 급습하는 일련의 연속된 동작
은… 자신의 스킬이었다.

그런 식으로 유인해 얼마나 많은 적들을 침묵시켰던가.

지오는 홀린 사람처럼 은폐를 풀고 몸을 일으켰다.

그리고 선 채로 정지한 다섯 기의 미군 슈팅 아머에서 은백
색 단검 두 개를 챙겼다.

대령의 초대에 응하지 않을 이유가 없다.

등 뒤로 총탄의 궤적이 사나게 교차하고 있다. 폐허 지대에
서 잔적이 되어버린 미군과 대령의 부하들 간에 난타전이 벌
어지고 있었지만 무시했다.

War 12
다리 위에서

機甲戰記

Massacre

기갑전기 매서커

…5분.

지오에게 남은 기동 시간이었다.

폐허 지대에서 두 블록 떨어진 장소였다.

건축이 마무리 중인 돔 운동장이었다.

돔 운동장은 축구장이 야구장으로, 야구장이 공연장으로 전환되도록 설계가 되어 있었고, 보름 전부턴 E&T 단체 응원이 벌어진 장소로 임시로 개방되기도 했다.

돔 운동장 내부는 텅텅 비어 있었다.

지오는 대령을 찾았다.

반대편 출입구로 사라지는 슈팅 아머의 그림자가 보였다.

지오는 다급히 쫓았다.

"애들이 도저히 자네의 무용을 못미더워 해서 말이지. 한번 어울려 보시게― 카카."

대령이 흥분과 장난기 넘치는 어투로 말했다.

"……."

초대장소가 이곳이 아니란 말인가?!

이보다 좋은 결투 장소가 또 어디 있단 말인지.

운동장을 가로질러 중앙에 다다르자 신경이 곤두서며 위험을 경고해 왔다.

저격!

급가속, 지그재그, 턴, 지그재그, 터닝 순으로 저격위치를 훑으며 세 발의 총탄을 털어버렸다.

세 기의 슈팅 아머가 저격이 통하지 않는 상대임을 깨달았음인지 대포의 포방패를 개조한 방패를 한 팔에, 다른 한 팔에는 소방용 도끼를 들고 빠르게 다가왔다.

의도를 모르겠지만 이들을 제압해야 함이다.

…3분.

방금 회피기동으로 그만큼 기동 시간이 줄어들었다.

기이이이잉― 정면으로 방패를 앞세우고 도끼를 치켜든 슈팅 아머가 육박해 들어왔다.

찍어 오는 도끼질을 한치 차이로 물리며 상대의 흐트러진 상체를 그대로 타고 넘었다.

적과 등을 붙인 상태로 적이 좌로 돌면 우로 보조를 맞추고 우로 돌면 좌로 돌며, 일명 그림자 기동에 임했다.

　　그렇게 남은 두 기의 공격을 주시했다.

　　그런 지오의 허리를 향해 한 기의 슈팅 아머가 야구선수의 풀스윙으로 도끼를 휘둘러 왔다.

　　순간적인 도약!

　　빈 공간을 가른 도끼 위로 지오는 슈팅 아머의 체중을 실었다.

　　도끼자루가 눌리며 공격을 가한 슈팅 아머가 쏠리듯이 넘어져 왔다.

　　재차 도약!

　　와당탕— 앞으로 쏠린 슈팅 아머는 그림자 기동의 상대인 슈팅 아머와 충돌하며 같이 넘어졌다.

　　와그작!

　　그 위로 착지한 지오는 각진 팔꿈치로 적 등판을 내리찍어 눌렀다.

　　버둥거림이 잠잠해졌다.

　　나머지 남은 한 기가 거칠게 달려와 넘어진 지오의 배를 향해 장작 패듯 도끼를 찍어 눌렀다.

　　우지끈!!!

　　지오가 몸을 돌려 피했고 표적을 놓친 도끼는 사정없이 아군 슈팅 아머 등판을 찍어버렸다.

　　적은 도끼를 회수하기 위해 자루를 흔들었다. 움푹 찍힌 자리에서 피거품이 올라왔다.

　　지오는 팔로 지면을 박찬 반동으로 튀어올랐다. 그 관성 그대로 움직임이 굼뜬 적의 복부 하단부에 검을 그어올렸다.

스읏—!

경쾌한 절단음이 울렸고 적의 움직임이 정지했다.

쿵— 이어 부르르 진저리를 치며 양 무릎을 털썩 꿇었다.

지오는 쳐 올린 은백색 단검을 팔 끝을 쫓아 올려다보았다.

날에 이빨 하나 나간 것 없이 말끔했다.

검면은… 흐르는 구름이 비칠 정도로 깨끗했다.

피 한 방울, 기름 한 방울조차 묻어 있지 않았다.

그랬다. 기동을 제어하는 기기 부위만 절단하고 지나간 것이었다.

파일럿의 미간을 종이 한 장 차이로 지나며 혼백을 갈랐겠지만 생명은 지켜졌으리라.

대령의 쳐 올림이 지오와 유사했지만 차이가 있었다.

그 차이는 크다.

대령이 지금 살아 있는 이유이기도 했다.

지오는 느낄 수 있었다, 자신의 감각이 최고조로 끌어 올려지고 있음을.

광산기지에서처럼…….

*   *   *

휘유우우우웅— 퍼엉—!

돔 운동장을 나서자 붉은 신호탄 하나가 멀리서 하늘 높이 날아올랐다.

발사된 위치는 뉴욕 브룩클린 다리가 연상되는 한강을 가로지르는 복층 대교였다.

80미터 높이 주탑 꼭대기 네 곳 위엔 어떻게 자리 잡았는지가 의문인 회청색 거인들이 쪼그려 앉아 자세로 지오를 겨냥하고 있다.

투학투학―!!!

다리 한복판에서 기관포가 하늘을 향해 수발 발사되었다.

대령의 부름이었다.

한강 한복판에서 대령의 슈팅 아머가 지오를 초대하고 있었다.

폐허 지대에서 들리는 슈팅 아머의 교전 소리가 사납게 울려 퍼졌다.

장갑차와 탱크에서 토해지는 저압포의 진동이 대기를 흔들고 있었다.

슈팅 아머가 은폐물로 사용될 만한 건물이란 건물은 차곡차곡 주저앉히는 식으로 진입하는 중이었다.

무인기에서 발사된 로켓탄이 아군 머리 위를 지나 떨어졌다.

우릉거리는 굉음이 서울시를 집어삼켰다.

그렇게 진압전투는 절정을 치닫고 있는 것처럼 보였다.

지오는 안타까웠다.

그 작전이 성공하더라도 한국군이 입을 피해가 막심해 보였기에.

지금 시가전을 마치 소모적인 고지 점령전처럼 치르고 있다.

지휘부는 물량에 장사 없다는 판단을 하고 있음이라.

그 판단은 맞다.

슈팅 아머의 한계는 기동 시간과 그보다 빠르게 바닥을 드러내는 탄약, 즉 화력이기에.

하나 간과한 것이 있다.

폐허 지대에 흩어진 미국 슈팅 아머의 잔해들이었다.

전장의 베테랑이라면 적의 장비도 자기 것처럼 사용한다.

테러단의 슈팅 아머는 미군 코드까지 사용토록 개조를 마쳤을 것이다.

급하면 코드 연결 없이 총처럼 물리적으로 사용가능하다.

그렇다. 이런 양질의 보급이 따로 없음이다.

그 증거로 대령이 서울 도심을 터뜨리지 않고 있다는 것.

소리는 요란했지만 테러단이 쉽게 제압되지 않으리라는 것은 자명했다.

지오는 교량 위에서 대령의 슈팅 아머를 마주보고 섰다.

쌍방간의 거리는 80미터.

지오에게 허용된 시간은 이제 1분밖에 남지 않았다.

"후우, 후우― 59초."

이제 심호흡조차 가쁘다.

그렇게 허용된 시간은 차곡차곡 줄어들고 있었다.

대령은 만족의 미소를 그렸다. 한강을 가르는 정중앙은 불타는 서울을 관망할 수 있는 최적의 장소가 아닐 수 없었기에.

게다 눈앞 흉하게 뼈대만 남은 상대의 다급함이 들여다보였다.

어렴풋이 자신의 승리가 보였다.

물론 눈앞의 숙적을 처치한 다음에 누릴 또 다른 흥취는 준비되어 있다.

일시에 부비트랩을 터뜨려 자신의 승리를 자축할 심산이라.

그 흥취를 위해 시간 전에 부하들이 제법 상해도 부비트랩을 터뜨리지 않은 것이었다.

"대령— 평안을 원하는가?"

지오가 외쳤다.

"그렇다. 죽음을 원한다. 물론 너의! 와라—!"

"원한다면—!"

지오는 말 끝나기가 무섭게 포탄처럼 튕겨 나갔다.

대령은 확신했다.

자신의 승리라!

먼저 흔들어줄 필요가 있었다.

주탑에서 저격 라이플이 불을 뿜었다.

은폐물이 없음에도 미꾸라지처럼 헤쳐 나가는 지오였다.

대령은 마주 나가지 않고 정강이에 부착된 여덟 발의 로켓을 전부 발사했다.

슈욱, 콰광!!!

여덟 번의 폭발이 교량을 뒤흔들었다.

지오의 슈팅 아머가 화염 속에서 춤을 추었다.

가속, 정지, 턴, 급가속, 제자리 터닝! 도약―!!

그렇게 폭발의 화염을 돌파했다.

뜨거운 열기를 털 여유조차 없었다.

화염을 뚫자 회청색 기체가 불쑥 나타나 검을 휘둘러 왔다.

대령의 슈팅 아머의 뜨거운 마중이었다.

까칵!!! 사라락―!

검은 궤적과 은의 궤적이 교차하며 둘은 스치며 반대편으로 자리 잡으며 멀어졌다.

지오의 두 번째 검격이 대령의 복부장갑을 후벼팔 수 있었다. 하나 얇았다.

"후야―!!! 바로 이거야―!"

대령이 비명을 토하듯 외쳤다.

척추를 타고 올라오는 전율에 환희의 진저리를 쳤다.

그런 대령에 비해 같이 놀아줄 생각이 전혀 없는 지오다.

"후압!!!"

기합이 절로 터져 나왔다.

지오는 뒤를 보지 않고 장대 높이 선수의 장대 넘기처럼 배를 보인 채로 온몸을 던졌다.

그렇게 기계만이 가능한 비상식적 역동작으로 대령의 슈팅 아머의 등을 따라잡았고 모로 도는 대령의 슈팅 아머와 재격돌했다.

차각— 까각—!!!

두 번의 검격이 교환되었다. 그리고 세 번의 검격이 대령의 슈팅 아머에 퍼부어졌다.

하나 유효한 검격은 하나였다.

"카흑—"

대령의 슈팅 아머 가운데 팔 하나가 팔뚝 부위부터 잘려 날아올랐다.

그렇게 대령은 팔 하나를 포기하며 자신을 보호하며 물러났다.

전력을 다한 퇴각이었다.

이제 남은 시간은 고작 10초!

퇴각하는 적을 따라 잡을 에너지는 역동작으로 다 소진된 상태다.

지오는 팔을 뻗어 교량을 지탱하는 수박 굵기의 와이어에 견인용 로프를 발사했다.

휘리리리리릭— 철커덩!

로프가 걸리는 것을 확인하지 않고 당겼다.

견인되는 힘과 도약한 힘과 합쳐져 지오의 슈팅 아머가 하늘을 날아올랐다.

중량을 이기지 못하고 풀리는 견인로프였다.

소기의 목적을 이룬 상태였다.

이 큰 체공의 최종점은 대령의 슈팅 아머였다.

포물선을 그리며 떨어지는 검붉은 슈팅 아머의 거체가 회청색 슈팅 아머에 파고들었다.

"평안하시오—!"

지오가 외쳤다.

지오의 검이 한 팔로 허우적거리는 반항을 이어가는 대령의 머리 아래 가슴에 박혔다.

우당탕— 콰각—!!

두 기체가 다리 중심부에 엉킨 채로 정지했다.

…….

"……!"

이것은… 허공을 찌르는 느낌.

지오의 검끝에 유기체 특유의 연약함이 걸리지 않았다.

그랬다. 콕핏은 비어 있었다.

그리고… 1초.

기동정지까지 남은 시간이었다.

지오의 콕핏 안은 온갖 경고등으로 화난 용암처럼 붉었다.

그 색이 일시에 검은색으로 변했다.

암전 이후의 적막이 콕핏 내부를 채웠다.

OF TEN DIVINE NAMES
War 13
사신이 낳은 괴물

機甲戰記

Massacre

기갑전기 매서커

슈팅 아머의 모든 전원이 나가 버리며 깜깜한 적막이 콕핏 안에 자리 잡았다.

완벽한 어둠!

…….

그런 적막 속에서 통신 한줄기를 타고 박수가 가늘게 울렸다.

짝짝짝—!

"과연 동물적인 기동— 어떻게 그런 너를 상대해 누가 이길 수 있을까?! 모두 죽음뿐이겠지."

대령의 목소리가 선명했다.

주전원과 상관없는 전원을 사용하는 통신기기가 콕핏 내부에 감추어져 있었다.

지오는 외부 창을 통해 밖을 바라보았다. 본능이 가리키는 대로.

주탑 아래 대형 트레일러 화물칸이 열리면서 회청색 슈팅 아머가 박수를 척척 치는 동작을 연출하며 걸어나오고 있었다.

그랬다. 쓰러진 슈팅 아머는 대령의 아바타였다.

대령은 원격 조정으로 지오를 기만했음이라.

정지한 두 기의 슈팅 아머에게 다가온 대령은 지오의 기체를 잡아채 패대기쳤다.

꽈당―!!!

물리적 충격이 지오를 덮쳤다.

"자, 이제 무기력한 상태에 놓이니 기분이 어떠신가? 사신 나으리."

"…이."

지오는 암담했다.

"바로 그것이다… 네가 나에게 선사한 절망이."

"……."

대령의 어감엔 삐뚤어진 만족이 충만했다.

이 날을, 이 순간을 얼마나 기대했음인지 기쁨으로 떨리고 있었다.

지오는 대꾸해 주고 싶지 않았다. 그럴 가치를 느끼지 못했다.

"크크, 알량한 자존심이라 이거지."

"…죽여라."

지오는 대령의 다음 말을 기다렸다.

"좋아— 그런 절망감 속에 죽어라……."

우그그그극!

"크으."

대령의 슈팅 아머가 지오의 슈팅 아머 등판을 지긋이 중량을 실어 밟아왔다.

콕핏이 압착되며 갈비뼈를 압박해 들어왔다.

여기서 더 힘을 가하면 뼈가 부러지며 내부 장기를 찢고 파고들리라.

"너는 나를 죽였어야 했다. 너에겐 나를 죽일 기회가 무려 세 번이나 있었다."

"……."

그랬나? 전혀 알 수 없는 지오였다.

당시 자신은 피를 갈구하지 않았다. 살릴 수 있으면 살려주었다.

전장에서 지오가 누릴 수 있는 사치라면 사치였다.

그 덕에 복수와 분노와 증오로 몸과 영혼을 태우지 않았다.

더불어 콕핏에 앉으면 항상 가족에게 돌아갈 날을 기원하며 추억의 장소를 주문처럼 외웠다.

평범하지만 오직 그 평범함이 행복인 순간들!

파병 군인이었던 할아버지를 통해 전수받은 전쟁터에서 인간으로 살아남을 수 있는 비법 아닌 비법이었다.

여자, 돈을 멀리하며 인간으로서의 최소한의 품위를 지킬 원칙을 세우는 것.

전투가 끝난 이후, 살육은 피하자!

이것이 지오 자신이 세운 인간으로서의 품위였다.

지오는 피식 웃음이 흘러나왔다.

자신의 자비는 자비가 아니었다. 상대에겐 그저 조롱일 수 있음에.

그저 죽은 자를 계속 살려 보냈음이라.

그렇게 지금과 같은 결과를 얻었지만… 지오는 후회하지 않았다.

아비규환 속에서 평화를 구할 수 있었기에.

전투에서 살아남은 적 파일럿들이 어스름한 어둠을 틈타 절박한 몸짓으로 탈출하는 그림을 바라보며 얼마나 안도했었던가.

그곳에서 망가지지 않은 이유가 되어주었다.

"자, 지금부터 네놈에게 선사하지. 주문처럼 외우던 도시 명소가 잿더미가 되는 것을 지켜보는 거야."

"……."

지오는 자신의 슈팅 아머가 들어 올려지는 걸 무기력하게 받아들여야만 했다.

오직 두 손 모아 가족들이 대피를 무사히 마쳤기를 바랄 뿐이었다.

파노라마 사이트로 서울의 전경이 펼쳐졌다.

폐허 지대의 저압포의 으르렁거림이 잦아들고 있었다.

다행히 전투는 진압군의 승리가 굳어진 것 같았다.

하나 그 승리는 곧 빛이 바라고 말리라.

"아아, 깜박했군. 이쪽이 가족이 사는 방향이지."

"……!"

"뭐, 놀라기는. 그 정도 조사는 기본이지. 네가 싸움에 응하지 않을 때를 대비한 보험을 들어 놓았지. 볼 텐가?"

"……."

통신기와 연결된 그림 하나가 올라왔다.

눈에 익은 장소가 나타났다.

그리고 화염!

대단지 입구를 지키고 있는 테러단의 슈팅 아머가 다수였다.

그들 앞에 폭발물 처리반과 경찰장갑차가 불타고 있었다.

묵음 처리되었지만 비명과 폭음이 바로 곁에서 들리는 듯했다.

"이 새끼—!!!"

지오는 콕핏에서 나오려고 발버둥쳤다.

까진 손등에서 피가 났다.

"카카카— 바로 그거야. 봐?! 너도 인간이야, 절대 사신이 아니라고."

"개자식—!! 죽여 버리겠어!"

지오는 외침은 절규에 가까웠다.

자신의 전장의 자비가 이런 파국을 몰고 왔다고 생각하기 싫었다.

어떤 식으로든 타인의 삶을 거둔 짐은 그 장소에서 내려놓아야 했다.

거친 외침에 피가 섞여 나왔다.

*　　*　　*

콕핏이 으스러지며 외부로의 탈출은 불가능한 상태다.

외부로 탈출해 보았자 슈팅 아머를 상대로 무사하길 기대할 순 없으리라.

"흐흐, 오, 좋아. 가족은 마지막까지 남겨 놓아주지."

"……."

"자, 그럼 어디부터 날려줄까?"

"남김없이 죽였어야 했어……. 괴물을 살려 놓았다니."

"암, 그랬어야 했지. 한데 그거 아나? 괴물은 괴물이 낳는다는 걸. 나는 자네가 낳은 괴물이야."

"……."

"부인하지 마."

"헛소리ー!!!"

"그래, 헛소리지. 그러나 나는 자부하고 있어. 사신이 낳은 괴물임이 자랑스러워. 카카카."

"미친 새끼—!"

대령의 광기가 고스란히 느껴졌다.

"자, 그럼 어디부터 날려 버릴까? 한 군데 떠올랐다. 이건 나의 개인적인 감사의 표시랄까."

"……."

이 말은 지오보다 방송용이었다.

"마르지 않는 돈으로 오지의 전투를 후원하시고, 세계의 건달들에게 피와 화약으로 만든 일용할 양식을 주시며 나라를 전복할 배포를 심어주시더니… 이도 모자라 감지덕지하게 위대한 한국으로 초대해 준 00기업에 감사 인사를 전하는 걸 잊을 뻔했어."

노래 같은 흥얼거림이었다.

뻔쩍이는 섬광이 강 뒤편에서 있었다.

한때 강남으로 불리던 지역에 화염구름이 뭉글 올라왔다.

무수한 기업들의 본사가 있는 곳.

우르르르릉— 거대한 건물이 무너지는 육중한 진동이 뒤를 이었다.

저곳은 지오의 목록에 없는 지역이었다. 대령의 개인적인 복수였다.

"카카카—"

대령은 만족한 광소를 터뜨렸다.

지오는 결심이 섰다.

무덤까지 가져가야 하는 비밀을 사용키로.

*　　*　　*

지오는 팔뚝 안쪽을 입으로 물어뜯었다.

"퉤엣—!"

직사각형 실리콘이 살점과 함께 튀어 나왔다.

실리콘 케이스를 열어 칩을 꺼냈다.

야옹군의 몸속에 감추어 놓은 칩과 한 쌍인 칩이었다.

그렇게 살 속에 감추어 놓은 또 다른 칩을 단말기에 연결했다.

로딩하는 데 시간이 걸렸다.

일반 개인 단말기가 감당할 용량이 아니기에 로딩은 더뎠다.

"…응? 뭐하는 거지? 장관을 구경하라고."

"대령! 내가 왜 무적일 수밖에 없는 줄 아나?"

"크큭, 쓸데없이 시간 끌려 하지 마라."

지오는 무시하고 말을 이었다.

"이 슈팅 아머에 내가 무적일 수밖에 없는 비밀병기가 숨겨져 있다."

"흐흐, 허풍은. 안쓰럽게시리. 이봐?! 기체를 입수해 나사 하나까지 분해해 보았어. 그저 이런저런 부속이 뒤죽박죽 뒤엉킨 국적불명의 슈팅 아머일 뿐이더군. 이런 밸런스가 엉망인 기체로 싸운 게 용하더군."

“바로 그거다.”

“……?”

“불사신인 이유를 찾지 못했어.”

“크― 친근한 어투 하며 아주 추하게 발악을 하는군. 한마디만 더하면 등판에 검을 박아 넣어주겠어.”

“딱하군. 좋아, 지금 당장 그 불사신의 비기를 보여주지.”

“홋, 그 잘난 탈출 포트를 믿고 있나? 어디 탈출 포트 스위치를 눌러보시지?!”

“…….”

“크큭, 이탈은커녕 콕핏째 불타 버릴 테니.”

“어이쿠?! 모르고 누를 뻔했네. 그럼 이건 어떨는지.”

말이 끝나기가 무섭게 ‘띵― 시스템 정상 연결되었습니다. 시스템 정상 작동합니다.’ 단말기에서 친절한 안내 멘트가 흘러나왔다.

“…뭐냐?”

츄리리리리릭― 덜컹!

지오의 슈팅 아머 팔뚝에서 사출된 견인용 와이어가 다리 구조물 가운데 H빔 하나를 휘감았다.

깅기이이잉― 견인 모터가 중량을 감당 못해 비명을 토했다.

“풋― 발악치곤 귀엽군. 정 소원이라면 목을 매달아주지. 대롱대롱 매달려서 구경하는 것도 운치있지.”

“어허― 이게 다가 아닙니다.”

지오는 단말기에 실행 버튼을 눌렀다.

'지정한 좌표로 투하합니다.' 친절한 멘트가 이어졌다. 이 기계적인 멘트를 대령도 들었다.

"……?"

"머리 위를 보세요─ 지옥으로 데려다줄 사신이 오고 있습니다."

"흥, 기어이 미쳐……."

대령은 불길한 기음과 압력에 말을 끝마칠 수 없었다.

<u>고오오오오오오오오오─</u>!!!

사신의 방문을 알리는 부르짖음이 이럴까.

대령이 머리를 드는 순간 머리 위로 붉은 섬광이 수직 직하로 내리꽂히는 걸 보았다.

"…아니야……."

끼에에에에에에에에엑─!!!

하늘 높은 곳에서부터 붉게 달구어진 기둥 하나가 대기를 짓누르는 거대한 압력을 뿌리며 강 표면을 뚫고 들어갔다.

구우우웅─!!!

쿠와아아앙!!!

차원이 다른 충격음이 전투의 소음과 폭음을 집어삼켰다.

　무려 4~5미터 교량이 출렁였고 대지 위에 있는 물체란 물체는 중력을 배신하고 튀어 올라왔다.
　보이지 않는 첫 번째 충격파가 서울시 전역에 퍼져 나갔다.
　전자기기는 물론 통신마저 먹통이 되었다.
　이어 강바닥까지 파고든 불기둥의 물리적 충격파가 뿜어져 나왔다.
　한강을 째로 들어 올렸다.
　거대한 원형 포말이 해일이 되어 지오와 대령을 덮쳐 왔다.
　“…너였구나?!!”
　그랬다.

　위성 포격이었다.

War 14
매서커

機甲戰記

Massacre

기갑전기 **매서커**

대령은 말을 이을 수 없었다. 아니, 더 이상 나오지 않았다.

하나 본능적으로 들어 올린 지오의 슈팅 아머 등판에 검을 박았다.

카각—!

지오의 얼굴 위로 검은 금속체가 불쑥 파고들었다.

하나 거기까지였다.

위성 포격에 통째로 들어 올려진 강바닥과 강물이 다리 위를 덮쳐 왔다.

쿠오오오오오오—!!!

"너— 이 자식! 네가 악마였어—!!!"

끼기기긱— 폭포처럼 요동치는 물속에서 대령은 집요하게

검을 밀어 넣으려 했다.

가는 와이어 한 줄에 매달린 지오의 슈팅 아머의 등에 대령의 슈팅 아머가 검을 박은 상태로 집요하게 매달렸다.

검이 꾸역꾸역 파고들어 왔다.

"……!"

검끝이 지오의 코끝에 닿았다.

벌어진 틈 사이로 물이 새어 들어왔다.

지오는 조용히 눈을 감았다.

"잘 가시오……."

"…큭, 으악—!!!"

지오를 위협하던 검이 뽑혀 나가고 대령의 비명이 통신관을 통해 길게 이어졌다.

…….

틈 사이로 세차게 스며들던 물줄기가 가늘게 줄어들었고, 똑똑 물방울로 변해 떨어졌다.

지오는 수동으로 콕핏을 들어 올렸다. 끼잇끼잇— 이음새가 뭉개져 시간과 힘이 들었다.

살점이 뜯겨져 나간 팔뚝에 멈추었던 피가 다시 흘러나왔다.

이음새에 작은 틈이 만들어졌고 발로 밀어 들어 올렸다.

세상이 고요했다.

고오오오오오—!!!

거대한 함몰공을 따라 강이 요동치고 있었다. 드러난 강바닥에 함몰된 구멍 속으로 강물이 빨려 들어가며 거대한 와류를 만들고 있었다.

수많은 명소가 사라지고 새로운 명소가 서울에 생긴 셈이다.

극히 비현실적인 그림이지만 지오에겐 익숙한 그림이었다.

과과과과과과— 함몰공으로 강물이 몰려들며 강변까지 쓸려 들어가고 있었다.

강이 흐르는 한가운데 커다란 호수가 생겨났다.

그렇게 한강 지도가 바뀌어 버렸다.

시간이 더 흘렀지만 위성 포격을 당한 서울은 고요하기만 했다.

폐허 지대의 총격 소리조차 들리지 않았다.

"……."

지오는 허탈한 심정으로 가족이 거주하는 쪽을 바라보았다.

대령의 최후를 알 길 없지만 가족이 안전하다는 것은 확실했다.

멍한 눈으로 단말기를 내려다보았다.

흔하디흔한 작은 단말기에 이제 위성 포격 시스템이 자리 잡고 있다.

말하고 코앞에서 시연한다고 과연 누가 믿을까.

포격 위성과 연결하는 한 쌍의 칩이 위성 포격 시스템의 전부라니…….

거대한 관제소와 수많은 전문 인력이 다루는 그림은 다큐의 한 장면일 뿐이다.

저주하던 병기로 가족을 구했다고 생각하니 지오의 기분은 착잡했다.

자연 연인의 얼굴이 떠올랐다.

무사할까? 알 수 없다. 하나 지금은 관심을 가져야 할지도.

이 위성 포격 시스템은 광산기지에서 지오를 사랑했던 여인이 남긴 것이었다.

결과적으로 연인으로 인해 수많은 동료들과 전우들이 허무하게 사라져야 했다.

위성 포격은 피아를 가리지 않았었다.

하지만 적이나 아군이나 상대가 발한 파괴공작이라며 이를 갈았다.

여하튼 그러던 어느 날, 그날이 광산기지의 마지막 전투였다.

지오는 연인이 조작한 슈팅 아머 고장으로 여느 때처럼 참전하지 못하고 기지에 남아야 했다.

그리고 적과 전우들의 머리 위로 떨어져 내리는 위성 포격을 보아야 했다.

자신이 지키고자 했던 여인이 모든 사태를 불러들인 원흉임을 그 일이 있은 후에야 우연한 기회에 알았다.

연인을 저주했지만 같이 탈출할 수밖에 없었다.

이 위성 포격 시스템은 중국이 개발한 시스템이었다.

중국인들은 위성을 천용(天龍)이라 불렀다.

천용은 중국의 분리 과정의 혼란 속에서 의미를 모르는 극소수 사람들의 손에 넘어가고 말았다.

그렇게 관제 시스템의 통제를 벗어나 우주를 미아처럼 떠돌고 있었다.

그리고 거짓말처럼 30년 만에 우연처럼 깨어났다.

한데 그 비밀을 파악하자마자 연인과 그녀와 관련된 집단은 중국의 세 나라로부터 동시에 쫓기는 신세가 되고 말았다.

오지의 광산에 연인은 우연처럼 피난해 들어왔다.

가녀린 몸에 천용 시스템을 숨겨 가지고.

참고로 천용을 관제하는 지상통제소는 리셋되었다. 그로 인해 정확한 포격을 위해 지상에서 누군가의 직접 유도가 필수인 절름발이 시스템이 되었다.

그랬다. 포격을 유도하는 자가 목표 지근에 있어야 함이다.

현재의 지오처럼 자신의 목숨을 담보로 운영해야 하는 시스템인 것이다.

하나 그 파괴력은 여느 위성 포격과 다를 바 없다.

탈출에 성공한 연인은 헤어지는 마지막 날 지오의 몸에 칩을 심어버렸다.

그리고 바람처럼 사라졌다.

지오는 이를 누구에게도 말할 수 없었다. 그리고 누구에게 말한단 말이랴.

존재조차 부인 당하는 신세가 지오를 기다리고 있었으니.

게다 당장 시연하자고 하면 자신의 목숨을 담보로 해야 함이라.

지오는 연인이 찾아오길 기다리며 하나는 공원의 야옹군의 몸속에, 그리고 또 하나는 팔뚝에 남겨놓았다.

절름발이 위성 폭격 시스템이 영원히 작동되지 않기를 바라며.

하나 오늘… 그 봉인을 풀어야만 했다.

그리고 이제 과거 연인이 쫓겼듯이 자신도 쫓기는 신세가 될지도 모른다.

지오는 비틀어진 다리의 H빔 사이를 건너 적막한 도심 속으로 사라졌다.

지오의 그림자가 사라짐과 동시에 와이어에 매달린 지오의 슈팅 아머가 폭발했다.

*　　　*　　　*

그야말로 어리둥절한 대한민국 서울이었다.

느닷없는 위성 포격을 끝으로 테러 위협은 허무하게 끝이 났다.

피해는 막심했다. 서울의 십수 개의 명소 아닌 명소가 부비 트랩의 폭발로 사라졌고, 시가전으로 막대한 물적 낭비에 무수한 사상자가 났다.

시민들의 피해는 집계조차 할 수 없을 지경이었다.

이틀 뒤에 있을 E&T 결승전을 취재하러 온 외신들만 신이 나 피해 상황을 살피며 도심을 누빌 뿐이었다.

그리고 용병을 고용한 거대기업 컨서슈엄에 대한 수사가 이루어졌다.

지구상 남은 마지막 사업 영역에 대한 도전과 투자가 이런 엉뚱한 결과로 이어졌음에 관련 기업들은 망연자실했다.

수많은 대기업 관료들이 체포되었고 대기업 실소유주에 대한 전격 조사로 이어졌다.

문제는 광기의 용병이 저지른 테러를 제압하는 과정에 위성 포격이 있었다는 것이었다.

이에 전 세계가 미국을 주시했다.

미국은 시인도 부인도 안 하는 태도를 보였다.

세계와 한국은 미국이 사용했다고 믿었고, 미국은 한국이 비밀리에 위성 포격 시스템을 개발했다고 믿고 있었다.

즉, 한국이 세계 5위의 강대국 대열에 든 것으로 파악해 버린 것이라.

여하튼 이 위성 포격에 대해 뉴스 보도가 자제되는 분위기로 흘렀고, 그에 비례하여 시민들의 호기심을 자극했다.

아무도 전말을 모르는 상황!

과단성 있는 결정으로 도시를 구했다며, 그저 벙커에 숨어 아무 일도 하지 않은 정치 지도자를 치켜세우는 말들이 SNS상을 흘러 다녔다.

이 집단 여론이 '구국의 결단' 이라는 타이틀로 변하더니 주류 언론에까지 튀었다.

믿기 제일 편하니까, 검증도 필요없다.

전략병기가 사용되었으니.

사실처럼 시민들에게 전달되었다.

더불어 국민들이 칭송하니 마다할 정치 지도자가 어디 있을까?!

무능력으로 찍혀 돌팔매를 기대했는데 말이다.

뉴스 그림에 말라비틀어진 당근코를 가진 정치 지도자가 등장했다.

벙커에서 나오고 나니 영웅이 되어 있음이라 시인도 부인도 하지 않는 애매한 미사여구를 나열하며 국난극복을 호소하는 호들갑을 떨었다.

그렇게 그는 국난극복의 영웅 타이틀을 재빨리 가로챘다.

게다 이 말라비틀어진 당근 코를 가진 정치 지도자는 E&T 결승전을 예정대로 치르겠다는 기염을 토하는 것이 아닌가.

연설을 끝으로 분석기사와 평론가들이 출연해 테러에 대한 하나마나한 의견들이 보태졌다.

더불어 도시 재건 특수로 모 대기업 주가가 상한가를 돌파했다는 메시지가 화면 하단을 빠르게 지나가고 있었다.

"……."

지오는 소설로 흐르는 뉴스를 지켜보며 상처 난 코끝에 반창고를 붙였다.

이제부터 자신은 위성포격의 현장 한가운데서 사라질 것이다.

말 그대로 증발!

광산기지에서 위성 포격을 유도하는 스파이를 통해 위성 포격 시스템을 탈취했다.

곧 전 주인이 냄새를 맡으리라.

아니, 벌써 맡고 움직이고 있을지도.

그랬다. 지오의 주변을 떠도는 감시인들이 그냥 생긴 것이 아니었다.

위성 포격 시스템의 주인이 광산기지에서 살아남은 생존자를 추적했다.

하나 지오의 모습은 그저 잉여인 그 자체로 일관되었기에, 감시의 눈길은 그 광산기지에서 벌어진 일의 흐름을 듣고 싶어 하는 단계로 바뀌었을 뿐이었다.

지오는 사라져야 했다.

한데 고민이다.

E&T 결승전이 걸렸다.

테러의 수장인 대령이 매서커를 찾았다.

그리고 그 매서커는 대령과 함께 위성 포격 속으로 사라졌다. 아니, 사라져야 했다.

지오는 이에 대한 결정은 결승전 당일로 미루기로 했다.

밀린 잠을 자야 했기에.

＊　　　＊　　　＊

E&T 결승전의 날이 밝았다.

전 세계 시민들의 테러에 대한 규탄과 희생자에 대한 애도 물결이 흐르는 가운데에도 국가대항전은 연기되지 않았다.

상처 난 대한민국에 위로가 필요했다.

지오는 블랙 포레스트 빌딩에 있었다.

지사장 존 도와 콘웰 이사의 모습은 사라진 지 오래다.

용병이 일으킨 테러에 용병을 교육하는 기관이 서울시 한복판에 있다는 게 알려질 만큼 알려져 기자들이 장사진을 치기도 했다.

하나 블랙 포레스트는 한국 훈련생들의 전원 해고를 자랑하며 미꾸라지처럼 빠져나갔다.

완벽한 철수!

그렇게 블랙 포레스트 한국지사는 폐쇄되었고 사무실 내부엔 쓸쓸한 적막이 흐르고 있었다.

지오는 전투 시뮬레이터가 있는 장소로 행했다.

"…잠깐 보는 건데 뭐 어때."

말은 그렇게 했지만 지오는 도저히 참을 수 없었다.

가상인류로서.

통합관제실서 시뮬레이터 마스터 코드를 조작했다. 슈팅 아머 시뮬레이터를 가상단말기 상태로 전환했다.

우웅— 전운이 들어가는 소리와 함께 108개의 전투 시뮬레이터가 전부 가상단말기 모드로 전환되었다.

지오는 갈등에 들었다.

매서커로서 자신의 생존을 알릴 것인가?

아니면 이대로 종적을 감출 것인가?

종적을 감추는 것이 이성적인 판단이었다.

하나 가슴은 그렇게 시키지 않고 있다.

방송 화면이 결승전 그림을 중계하고 있었다.

검은 리본을 가슴에 단 한국의 유저들이 비장한 얼굴로 대와 오를 맞추고 있었다.

무려 4천에 달했다.

상대가 2만이 넘겠지만 골렘 오너란 오너는 전부 나온 것이었다.

대한민국이 그 난리가 났는데… 왜인지는 알 수 없다.

지오는 쓴웃음이 나왔다.

자신 역시 마찬가지이기에.

중계 그림 가운데 여태까지 못 보던 집단이 들어왔다.

등에 기다란 깃발이 걸려 있다.

깃발엔,

교관—! 뻑큐 머겅—!

사랑해욤, 교관님!!!

안 나오면 쳐들어간다—

…등 군대식 비속어로 도배되어 있다.

지오는 깃발에 쓰인 문구로 이들의 얼굴이 하나둘 떠올랐다.

부산 오뎅 우동— 신장 개업!

특히 그 글자가 눈에 들어왔다.

지오의 고민을 길지 않았다.

가상단말기 상태로 전투 시뮬레이터의 세팅을 조정한 것으로 갈등에 종지부를 찍어버렸다.

평생 숨바꼭질하는 도망자 삶을 살아야 하겠지만 가상에서 쌓은 수많은 인연들이 자신을 끌어당기고 있었다.

바로 지금!

지오는 전투 시뮬레이터 속으로 스며들었다.

그 어떤 가상단말기보다 포근한 장소였다.

그렇게 지오는 기분 좋게 가상에 접속했다.

지오에게 빛이 스며들었다.

7인의 지오에게 빛이 스며들었다.

그리고 지오와 연결된 모든 지오에게도…….

매서커 지오 접속합니다.

기계사 지오 접속 합니다.

…….

…지오 접속합니다.

곱등이 지오 접속합니다.

7인의 지오를 뒤이어 무수한 강철거인이 빛을 통과해 전장에 나타나기 시작했다.

그렇게 무려 108기의 강철거인이 전장에 일시에 등장했다.

매서커의 강철거인과 같은 도색에 똑같은 형태를 갖춘 무려 108기의 강철거인이라.

……!!!

…….

그리고 이 108기의 강철거인이 한국 진영 곳곳으로 흩어지더니 각 군단 선두에 자리 잡는 게 아닌가.

마치 바로 내가 바로 그 '매서커' 란 듯이!

매서커 등 7인의 지오 캐릭터 전부와 바로 그들과 연결된 아바타란 아바타는 동화율이 허용하는 한도까지 뽑아낸 결과였다.

7인의 지오가 108인의 지오가 되고, 108인의 지오가 하나의 지오가 되어 전장을 오만하게 굽어보았다.

그렇게 지오는 108인의 지오 속에 자신과 매서커를 감추었다.

이에 매서커의 존재를 찾지 못해 한국 진영 전체가 술렁거
렸다.

지오의 분신, 아바타들이 접속과 동시에 연결되며 감각을
공유하기 시작했다.

이미 동화율은 접속과 동시에 폭주에 들어간 상태라.

…전투 전에 고통이 찾아왔다.

비할 바 없는 고통이 엄습했고 이를 꽉 깨물어야 했다.

하나 단말기에 자리한 지오의 입가엔 가는 미소가 맺혀 있다.

이것은 기쁨이었다.

이곳에 자리한 4천여 동료가 자랑스러웠기에.

고통은 나의 친구… 분노는 나의 힘!

이 분노는… 이 땅에서 낙담을 함께한 이들을 사랑하기에
나오는 힘이었다.

그렇다, 더 이상 낙담으로 나태할 수 없다.

이제 이들과 승리를 함께하리라는 기대로 뜨겁게 달구어지
고 있는 자신이 자랑스러웠다.

비장했지만 처져 있던 한국 진영에 뜨거운 활기가 퍼져 나
갔다.

이 그림에 방송을 중계하는 전 세계 매체가 호들갑을 떨었
고 비열한 위장술이라며 중국 매체들이 욕을 퍼부어댔다.

물량으로 포위당한 형국에 처한 한국 진영의 분위기는 비장
감이 담긴 낙담이었다.

하나 그 분위기가 지금 확 바뀌었다.

내 옆에 매서커가 있다!

매서커와 함께 싸운다!

그렇게 한국의 참전 골렘 오너들은 자신들의 눈을 믿었다.

자신이 보고 있는 등이 바로 매서커의 등이라고.

자신과 자리한 강철거인이 바로 매서커라고.

그리고 이는 지오에게 고스란히 전달되었다.

이들의 믿음이 고통에 눌린 지오를 힘껏 받쳐 주었다.

그랬다.

이들은 나의 힘!

이들이 나의 희망!!

낙담을 이겨내고 분노를 넘어서…….

서로가 서로의 희망이 되어주는 땅에 사는 형제이자 동료이자 동반자!

…그렇게 서로가 서로의 희망이 되어 연결되어 나갔다.

> 한국 진영이…… 집단 동조에 들어갑니다.
>
> 이럴 수가?!!
>
> 믿을 수 없습니다. 엄청난 집단 동화율입니다.
>
> 서로가 서로를 이끌어 주고 있습니다.
>
> ……아!
>
> 4천에 달하는 강철거인이 하나로 연결되었습니다.

후우우우우우우우우웅—!!!

한국 진영을 중심으로 투명한 붉은 서기가 자라나기 시작했
다.
매서커 특유의 분노의 아우라였다.
아니었다, 이것은 다르다.
희망의 아우라였다.
지오는 뜨거운 상승감에 전율하며 통신관에 벅찬 외침을 토
했다.

"아 유 레디—?!! 한번 놀아봅시다—!!!"

뜨거운 함성이 지오를 환영했다.

『기갑전기 매서커』 완결

작가후기

독자 여러분, 창작인 권경목입니다.

기갑전기 매서커가 16권으로 드·디·어 막을 내렸습니다.

저에게 행복하고 과분한 시간이었습니다.

미진한 이야기가 많이 있습니다.

이는 살짝 만회할 외전이 Act부와 War부로 따로 준비 중입니다.

여하튼… 새 이야기를 하고 싶어 죽겠습니다. (살살 때리긔!)

기갑전기 매서커……

당시 하나의 생각에서 매서커를 집필하기 시작했습니다.

그 생각은 '왜? 화를 내야 할 상황인데 화를 내지 않을까?'입니다.

바로 '분노는 나의 힘!'의 시작점이죠.

또 하나는 희생자인 척하지만 분명 가해자인 우리들의 모습이었습니다.

주인공은 피해자임과 동시에 가해자입니다. 평소 우리 모습입니다.

우리는 희생자의 얼굴로 체념하고 있지만 가해자 역할 역시 충실히 하고 있습니다.

이를 말하는 저 역시 그다지 납득하고 있진 않습니다만.

아무튼 저를 돌이켜 보면 절대적인 가해자 역할에 충실한 직업을 가지고 있더군요.

'작가' 라는 창작인으로서 말입니다.

감히 독자 여러분의 얼굴은 어느 쪽에 가까우신지요?

훌륭한 동료작가들의 도움으로 글을 마칠 수 있었습니다.

그림으로 졸필을 빛을 내주신 김유라님, 거듭 감사합니다.

긴 시간 끈기있게 편집에 임해주신 청어람 편집인 여러분께 완필(緩筆) 작가와 이별하는 특혜를 드립니다. ㅎㅎ

독자 여러분, 새 작품으로 건강히 만나요!

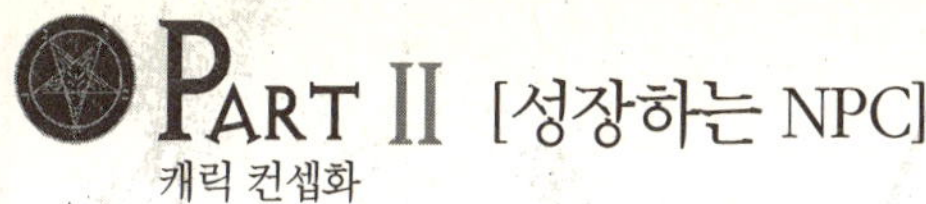

Rough Sketch - Yu Ra Kim

Rough
Sketch - Yu Ra Kim

蒼龍魂
창룡혼

斷月劍帝
단월검제
강태훈 新무협 판타지 소설